STEIN'S BÜRO

STEIN'S BÜRO

SCHMUTZIGE HÄNDE

EINE NEUE DIMENSION DES KRIMIS

SCHMUTZIGE HÄNDE

STEIN'S BÜRO

Ernst Petz, geboren 1947 in Villach, lebt seit 1975 in Wien. Buchveröffentlichungen in den Verlagen Heyne, München; Verlag Der Apfel, Wien; Aarachne, Wien, und Boesskraut & Bernardi, Wien. Von Ernst Petz erschien in der Reihe *Stein's Büro* auch der Roman „Falsches Spiel“.

Bereits in der ab 1998 gültigen Rechtschreibung gesetzt.

Im Auftrag hergestellte Sonderausgabe

Idee und Konzept: Julius P. Breitschopf
Lektorat: Mag. Brigitte Gattermann

ISBN 3-7004-3677-7

I

Es war ein unerfreulicher, besonders langer Tag mit einem unerfreulichen Auftrag (das sind in meiner Branche leider die häufigsten), einem unvorhergesehenen Todesfall – und einem unerwarteten neuen Auftrag.

Kappbach-Althoff war stadtbekannter Superreicher, Baulöwe, und in allen politischen Lagern und Klatsch-Spalten mehr als zu Hause. Die Skandale um seine Person waren – wie bekannt – Legion, meistens entstanden sie irgendwo im Rotlichtviertel, und meistens endeten sie auch dort.

Ich habe nur einen Blick auf ihn erhascht – und ich kann versichern: Ein offenbar zu Tode geprügelter Mann ist kein schöner Anblick, vor allem, wenn er im Leben fast zwei Meter und gute 250 Pfund auf die Erde gestellt hat.

Jeden Sommer berichteten die verschiedenen *Bunten Blätter* mit Foto-Reportagen von Urlaubsbesuchen tatsächlicher und eingebildeter Entscheidungsträger, sprich Politiker, auf seiner Yacht, die er irgendwo in der Ägäis herumdümpeln hatte. Kam einer auch nur in die Nähe des Verdachts, als Spitzenkandidat aufgestellt zu werden, war Kappbach-Althoff schon in seiner Nähe – oder umgekehrt. Meist war es dann mit der Polit-Karriere schon wieder aus.

Und dennoch schien da etwas an ihm gewesen zu sein, dass das Risiko aufwog: Wahrscheinlich hätte er öffentlich ein paar Schiffe versenken, ein paar Matrosen ertränken, ein paar Versicherungen betrügen können – und man würde ihm immer noch nachlaufen.

Dachte ich.

Jetzt nicht mehr, er lag als ziemlich formloser Klumpen in einer an diesem Abend nicht benützten Umkleidekabine unter der Halle C, dem Austragungsort einer offenbar hyperwichtigen Prügel-Orgie (zwei Idioten wollte sich in irgendeiner Gewichtsklasse gegen einen offenbar wesentlich besser verdienenden Idioten um eine Weltmeisterschaft prügeln, und an diesem Abend sollte sich entscheiden, welcher der beiden Idioten das sein sollte – hieß laut Plakaten: Qualifikation).

Aber der Reihe nach:

Ich war seit zwei Tagen hinter einem Arzt (der Name tut in diesem Zusammenhang und in allen folgenden wirklich nichts zur Sache) her, dessen Frau sich einbildete, er betrüge sie. Er verschwinde aus der Sprechstunde, um *sie* zu treffen, schütze Hausbesuche vor, vor allem abends. Sie brauche Beweise, habe es satt, wolle sich scheiden lassen und den Dreckskerl ordentlich zur Kasse bitten – das Übliche. (Zum Kotzen. Aber der Mensch braucht nun einmal manchmal Butter aufs Brötchen, Kleingeld für die Miete und all den Quatsch, den uns der Auszug aus den Höhlen oder der Abstieg von den Bäumen eingebrockt hat, leider.)

Wer glaubt, ein Privatdetektiv führe ein spannendes Leben, der muss es spannend finden, stundenlang vor Arztpraxen im Auto zu sitzen, wie ich es den vierten Tag tat.

Ergebnislos, bisher.

An diesem Tag aber fuhr er nicht nach Hause, er fuhr zu einem Hotel – und ich dachte schon, ich hätte ihn, als er überraschend wieder auftauchte. Allerdings war ich nun wirklich überzeugt, dass ich „ihn hatte", er tauchte nämlich nicht allein auf, sondern mit einer ... tja ... eigentlich höchst durchschnittlichen Brünetten. Ich hätte vermutet, dass er seine Angetraute gegen ein paar Klassen höher eintauschen würde, aber das war es nicht einmal. Jünger mochte sie sein. Und einen größeren Busen hatte sie.

Die beiden fuhren zur Messehalle, in die Parkgarage (ich hinterher), gingen dann durch die Katakomben zu den Eingängen (ich hinterher), dort hinein (ich nicht, ich hatte keine Eintrittskarte zu dieser Box-Gala, wo, wie schon erwähnt, als Höhepunkt um einen WM-Kampf geritttert werden sollte).

Natürlich rannte ich sofort mit meinem Presseausweis zu einem Schalter, wurde recht herzlich ausgelacht, da ich mich hätte akkreditieren müssen.

Durch die Glasfront sah ich draußen Typen, die offenbar zu viele Karten hatten, ein florierender Schwarzmarkt, wie bei allen ausverkauften Veranstaltungen, ich raus ... und hatte natürlich keine Ahnung, wo meine beiden Verliebten sitzen, stehen würden ... Nein. Die würden nicht stehen. Aber auch bei den Sitzplätzen gab es drei Kategorien in den Sektoren A bis P ... also jede Menge Auswahl.

Ich nahm eine von den teuersten Karten, die angeboten wurden, löhnte einen mittleren Monatslohn dafür, aber ich dachte mir, Ärzte verdienen ein Schweinegeld, und wenn einer einer Tussy imponieren will, wird er das sicher nicht mit einem Stehplatz hoch auf der Galerie versuchen.

Dass ich mit dieser Überlegung Recht hatte, freute mich, und es freute mich auch, dass mir mein Presseausweis wenigstens half, die Kamera durch die Kontrolle zu bringen.

Die beiden turtelten schräg gegenüber, ein paar Reihen unter mir, jenseits des Ringes, in dem schon heftig geprügelt wurde. Ich hatte mir ein Programm gekauft, wir waren, laut Auskunft meines Nachbarn, im zweiten Rahmenkampf, ein Weltergewichts-Hamburger gegen einen ditto Münchener um die Qualifikation zur Deutschen Meisterschaft.

Die beiden interressierten sich nicht besonders für dieses Vorgeplänkel (ich auch nicht), sie beschäftigten sich beneidenswert gut gelaunt miteinander und ich schoss eine ganze Reihe höchst lieblicher Fotos.

Und kämpfte mich durch einen bemerkenswert öden Abend, aufgelockert nur, als die beiden ins Restaurant gingen. Am Rückweg rannte mein Arzt in Kappbach-Althoff hinein, ich erkannte ihn natürlich sofort. Die beiden kannten einander offensichtlich sogar sehr gut, Kappbach-Althoff gab dem Arzt irgendein buntes Ticket (mir wurde ganz schlecht: wer konnte denn schon wissen, wo er damit wieder hinrennen würde, und ich hatte keine derartige Einladung), dann flüsterte er ihm eindringlich ins Ohr – worauf sich Arzt und Gespielin zu einem Wett-Schalter beeilten.

Als der Halbschwer-Qualifikationskampf, der Haupt-Kampf laut Programm, begann, war ich nicht überrascht, Kappbach-Althoff hinter einer Ringecke zu entdecken, wichtig auf Trainer und Boxer einquatschend, alle Welt weiß doch, dass er seine Finger auch in diesem Geschäft hatte. Letztlich ist ihm ja genau dies zum Verhängnis geworden . . .

Und dann fand eben dieser Kampf statt, Gobrowski gegen Schulze, und ich sah alle meine Vorurteile gegen diesen Sport bestätigt: Der eine hieb dem anderen eine rein, darauf der andere dem einen, hin und her und hin und her . . . Meistens aber standen sie bloß herum und hielten sich aneinander fest. Wenn man mit derlei Leistungen Weltmeister werden kann und – wie ich gelesen hatte – zehn, zwanzig Millionen pro Kampf scheffeln konnte, dann konnte es sich nur um groß angelegten Betrug handeln. Die abgelutschte Phrase vom *Schmutzigen Geschäft* flog mir zu, ging mir nicht mehr aus dem Kopf.

Nach der vierten Runde bekam ich am Rande mit, wie zwei Typen auf Kappbach-Althoff einredeten (und ich werde es mir nie verzeihen, dass ich nicht ein paar Fotos geschossen hatte), er wehrte sie ab, lachte sehr herzlich, ging mit ihnen weg, verschwand dorthin, wo er mit seinem eingebürgerten Polen Gobrowsi hergekommen war. Laut Programm war er der Manager des „talentierten Neo-Profis" und entschlossen, seinen Schützling „innerhalb des laufenden Jahres" nach Las Vegas zu bringen.

Ich fotografierte meinen Arzt und die sich an ihn klammernde Brünette, und dann tobten die Leute los und Schulze stand nicht mehr auf.

Mein Arzt umarmte seine Gespielin, dann drängten sie sich hinaus, Richtung Wettschalter, ich musste gegen den Strom schwimmen, kam fast um, schaffte es aber irgendwie.

Vor den Wett-Kassen (Quote 1:82!) stauten sich die Massen, ich verdrückte mich in eine relativ geschützte Nische und wartete, während sich der Onkel Doktor Richtung Gewinn kämpfte und schwitzte.

Das dauerte ungefähr zwanzig Minuten, vielleicht sogar länger, er kam mit einem ansehnlichen Packen Geld zurück, suchte tatsächlich diese verdammte bunte Karte, die er vom Kappbach-Althoff erhalten hatte, heraus und machte sich Richtung Katakomben auf den Weg.

Zeigte sie dort vor einer schwer gepanzerten Tür einem Security-Typ, aus dem man leicht zwei, vielleicht sogar drei erwachsene Schläger hätte machen können – und verschwand.

Ich überlegte, wie ich an diesem Bollwerk vorbei kommen sollte, musste aber nicht lange überlegen, denn Lärm und das Beiseiteschieben von Menschen durch Uniformen kündigten besonderen Besuch an . . .

Da kam er auch schon, Drösinger mit Gefolge, Drösinger, der HERR Hauptkommissar der hiesigen Kripo, mit Martens, seinem Adlatus. Ich bemerkte einen mir bekannten Polizeiarzt im Gefolge und noch vier Uniformierte, den Polizeifotografen . . . das ganze Pipapo, zwölf, vierzehn Mann hoch, exklusive Trage und Sanitäter.

Drösinger hielt dem Zerberus seine Marke unter die Nase, der drückte sich zur Seite und alle strömten ins Allerheiligste des diesabendlichen Boxsports. *Wir* alle, denn ich drängte mich selbstverständlich zwischen den letzten Uniformierten und den ersten Ambulanzler.

So kam es, dass ich den schon erwähnten Blick auf den toten Kappbach-Althoff erhaschte. Mein Arzt, der mit seinem bunten Ticket offenbar zu einer Art *geladener Gäste* gehörte, war mit einem Rudel Gleichausgestatteter in einer kleinen Sporthalle zusammengedrängt, die Uniformierten nahmen gerade Personalien auf, und der Herr Doktor war blass wie die Wand, stritt auch mit seiner Begleiterin, die sich offenbar nicht von ihm trennen wollte. Ich schoss eine wunderschöne Fotoserie von der ganzen Situation. In Ergänzung zu dem, was ich schon im Kasten hatte, ergab das sicher einen Fotoroman vom Ende einer Beziehung. Der Polizist, der gerade bei ihnen war, wollte auch von ihr die Einladung sehen, worauf sie sich natürlich an ihren Arzt halten musste, worauf der noch mehr durchdrehte. Der Polizist schrieb . . . tja, so ein Pech kann man auch haben.

Mich ereilte meines in Gestalt Drösingers, der wissen wollte, was ich hier trieb.

Mein „Nichts. Ein Auftrag ...“, wischte er nicht nur beiseite, er schloss daraus sogar, dass ich hier nichts zu suchen hätte und verschwinden sollte. Er gab mir sogar Martens als Begleitung mit, so sehr vertraute er mir.

„Es hat Kappbach-Althoff erwischt, nicht wahr?“, versuchte ich ein Gespräch in Gang zu bringen.

„Das ist ja wohl unverkennbar“, murrte Martens kurz angebunden.

„Unterweltfehde?“

„Geht Sie nichts an.“

„Also kein reuiger Täter neben der Leiche, damit sogar ihr eine Chance habt?“

„Halten Sie Ihren Mund“, fuhr mich Martens an, „raus jetzt ...“

„Warum interessiert ihr euch eigentlich nicht dafür, was ich hier zu tun hatte?“ Martens stutzte. „Wie kommt ihr darauf, dass das reiner Zufall war?“, setzte ich sofort nach, ohne den geringsten Schimmer, wohin das führen mochte.

Ich sah, wie es in ihm arbeitete. „Also gut: Was hatten Sie hier zu suchen?“, schnappte er schließlich nach dem Köder.

„Tja ...“, machte ich auf wichtig, „ich fürchte, ihr habt euch meine Mitarbeit verscherzt.“

Damit wandte ich mich zum Gehen – und wie erwartet, hielt er mich jetzt zurück.

„Wenn Sie etwas wissen, sollten Sie es los

werden. Sonst reißt Ihnen der Chef den ... Sie wissen schon, bis zum Hals auf."

„Ihr Chef", gab ich zurück, „der HERR Drösinger, Hauptkommissar der hiesigen Kripo, wollte doch nichts von mir wissen. Sie sind Zeuge, dass er mich sogar vom Tatort vertrieben ..."

„Also gut", unterbrach er mich, „kommen Sie wieder mit hinein. Aber wenn Sie bloß bluffen ... Ich muss wohl nicht weiter reden."

„Reißt mir Ihr Chef ... und so weiter. Habt ihr schon einen Anhaltspunkt?"

Er schwieg.

„Die Boxszene ist ja nirgends auf der Welt besonders sauber ..."

Er schwieg weiter.

„Aber man weiß wenigstens, woran man ist", schwadronierte ich weiter, „glasklare Verhältnisse, also einfachst zu lösen: Unterweltfehde? Wettbetrug? Das sind schon die Motive. Oder war's am Ende ... *Selbstmord?*"

Er stellte mich in eine Ecke, verlangte, dass ich mich hier nicht wegrühren, dass ich den Mund halten sollte, und kämpfte sich zu Drösinger durch.

Der sah kurz zu mir, sah Martens sehr skeptisch an, nickte dann aber kurz und redete weiter mit dem Polizeiarzt – gemeinsam gaben sie dem Fotografen Anweisungen.

Bei den *Ehrengästen* ging es mittlerweile rasch zu, die wurden nach und nach weggeschickt, auch mein sehr verärgerter Arzt und seine nicht minder verärgerte Begleiterin.

Ich verspürte einen – allerdings nur leichten – Anflug von schlechtem Gewissen, dass ich nicht hinterherhetzte, aber zumindest für den heutigen Abend dürfte meinem Medizinmann die Lust vergangen sein.

Ich blieb also, machte mir keine besonderen Sorgen wegen der unausbleiblichen Auseinandersetzung mit Drösinger, und sah zu, wie die angeblichen Herren Profis inmitten des Tumults Freischwimmen übten.

Der Fotograf hatte allmählich genug, dem Polizeiarzt reichte es auch. Die Riesen-Leiche des Gesellschafts ... *elefanten* wurde unter erheblichen Mühen abstransportiert – und Drösinger kam zu mir rüber.

„Also, was wissen Sie?"

Ich begann zu stottern, wollte von Berufsgeheimnis reden.

„Sie haben hier also nichts zu suchen und behindern eine Untersuchung."

„Wieso behindere ich ..."

„Halten Sie doch den Rand", herrschte er mich an. „Wenn Sie nichts beitragen können, haben Sie Martens belogen ... Aber das war ja auch nicht anders zu erwarten. Verschwinden Sie ..."

„Nicht so rasch", erfing ich mich und erzählte ihm von den beiden Typen, die Kappbach-Althoff nach ein paar Runden aus der Ringecke geholt hatten.

Von dieser meiner Beobachtung war er natürlich nicht sonderlich beeindruckt, das mussten ihm andere auch schon erzählt haben. „Haben Sie schon einen Verdacht? Hat sich schon etwas ergeben, aus den ersten Aussagen?" hängte ich an meine Geschichte.

„Ich wüsste nicht, was Sie das angeht", meinte er und verschwand, ich auch, denn es sah ohnehin schon alles nach Aufbruch aus. Dass es hier nichts mehr Interessantes zu erben gab, war mir klar.

Außerdem kannte ich ja das Lokal, in dem die Spurensicherer und Polizeifotografen, die Medizinmänner und meist auch Drösinger selbst den Tag ausklingen ließen.

Also los war er mich für diesen Abend noch lange nicht ...

II.

Drösinger und sein Kollege Martens hatten sich überhaupt nicht gefreut, als sie mich in *ih-*

rer Kneipe entdeckten. Und noch weniger Freude hatten sie mit mir, als ich mich ihnen ziemlich ungeniert aufdrängte.

Die Sache hatte sich dann aber doch recht gemütlich entwickelt, nachdem ich Drösinger erst einmal davon überzeugt hatte, dass ich ganz gewiss nicht von Kappbach-Althoff anfangen würde, dass mir der Kerl mindestens so egal war wie ihm, dass ich – im Gegensatz zu ihm – sogar laut sagen dürfte, was mir sein Hinscheiden ausmachte, nämlich gar nichts.

Dass dieses Hinscheiden, ganz im Gegenteil, die Welt ein bisschen besser machte. Und er, HERR Drösinger, Hauptkommissar der hiesigen Kripo, sollte das doch zugeben. (Ich sprach ihn gerne so an, mit genau diesen Worten hatte er mich nämlich einmal von einem Tatort gescheucht, das heiße nicht *der Drösinger,* sondern *HERR Drösinger, Hauptkommissar der hiesigen Kripo.)*

Er konnte natürlich nicht zugeben, dass ich in Bezug auf den Wert des Unterwelt-Box-Kings und Politikerfreundes Recht hatte und dass sich sicher keiner aus seinem Verein ein Bein brechen würden, um die Ursache dieses gewaltsamen Verlöschens aufzuklären.

Drösinger und ich kennen uns seit mehr als 20 Jahren, wir sind – schon berufsbedingt – nicht die besten Freunde, wir haben uns beide mit dem ambivalenten Verhältnis eines Leben-und-leben-Lassen abgefunden. Wenn er will, ziehe ich als Privatdetektiv natürlich den Kürzeren, für mich ist's daher immer eine Gratwanderung, wenn ich mich mit ihm anlege.

Dass ich nach einem schweren Tag jetzt mit ihm ein paar Bierchen kippte, gehörte gewiss nicht zu meinen Lieblingsbeschäftigungen und würde gewiss nicht zur Gewohnheit werden, andererseits dachte ich mir, dass ein wenig gute Miene zu noch so bösem Spiel nicht schaden konnte.

Ich rechnete den Abend insgeheim als Investition in eine vielleicht friedlichere Koexistenz zwischen Polizeiapparat – sprich Kripo – und *Stein's Büro*, mein großartiges Unternehmen.

Wir hatten schon einige Gläser Bier und Korn zu uns genommen, als es plötzlich schrill piepste und Drösinger fluchend nach seinem Handy zu kramen begann.

„Drösinger . . ."

Er hörte zu, flüsterte ein inbrünstiges *Scheiße.*

„Aber passiert ist ihm nichts. Und warum stört ihr mich dann? Ich hab' frei und . . . Alles klar. Drei Schüsse durchs Fenster . . . Die Adresse . . .", er wedelte Martens, etwas zum Schreiben herzurichten, und ich beschloss, auf seine wütenden Blicke in meine Richtung zu reagieren.

„Ich muss ohnehin mal", erklärte ich daher, verließ sehr zu seiner Erleichterung den Tisch, ging aber nicht so weit weg, dass ich nicht hörte, was ich hören wollte. Dabei kam mir natürlich entgegen, dass er selbstverständlich kontrollieren musste, ob Martens alles richtig mitschrieb.

Er lauschte, ich lauschte noch mehr, er wiederholte für Martens den Namen *Drosen* und *Franziskaner* und wollte wissen, wieso er sich darum kümmern sollte, wo er doch mit Kappbach-Althoff gerade . . .

Er wurde unterbrochen, fragte zurück, was denn der Drosen mit Boxen zu tun hätte . . . und akzeptierte schließlich, dass er „hin" müsste.

Ich verzog mich, bevor er mitbekam, dass ich ihn abgehört hatte, und ich schaffte es ganz locker, sogar noch vor ihm, Martens und Gefolge im *Franziskaner* zu sein.

Fragen Sie mich nicht, warum, aber ich brauchte wahrscheinlich nach ein paar Tagen langweiligster Beschattung wenigstens irgendeine Abwechslung.

Ich konnte mir auch vorstellen, dass sich Drösinger furchtbar ärgern würde, wenn ich dort schon auf ihn wartete. Wenn ich schon wieder an einem „seiner" Tatorte auftauchte.

Deshalb fuhr ich hin. Nur deshalb.

III.

Ich kannte den Nobelschuppen *Franziskaner,* war allerdings nur einmal dort gewesen – auf Einladung eines Klienten. Um *mein* Geld wäre ich dort kein zweites Mal hingegangen: Ich finde nicht so wahnsinnig viel daran, für zwei Kubikzentimeter Fleisch, eine Spalte Kartoffel und drei Erbsen 33 Mark zu zahlen.

Im Lokal waren alle total aus dem Häuschen, zwei Streifen-Bullen ließen keinen hinaus, zum Glück mich mit meinem Ausweis hinein. So erfuhr ich noch vor Drösingers Ankunft von gleich mehreren, zugleich sprudelnden, aufgeregten Gästen, was passiert war:

Offenbar hatte jemand durch die Scheibe von der Straße aus dreimal auf den Wirt, Theo Drosen, geschossen.

Der hatte gerade „ein sehr lautstarkes Telefonat" geführt, als plötzlich das Fenster zersplitterte – die drei Schüsse verfehlten, davon konnten wir uns anhand der Einschussstellen unschwer überzeugen, ihr Ziel – eben Theo Drosen – nur knapp.

Ich bekam ein Bierchen und dann die erwarteten bösen Blicke von Drösinger – aber was konnte er hier schon tun? Mich aus einem für die Öffentlichkeit zugänglichen Lokal werfen?

Ich grinste ihn so unschuldig wie möglich

an, prostete ihm freundlich zu und tat so, als würde ich ungemein gut sitzen. Aber natürlich stahl ich mich allmählich in Hör-Nähe, sobald er mit den Beteiligten zu sprechen begann.

„Und mit wem haben Sie so lautstark telefoniert?“, hörte ich ihn gerade fragen.

„Ist doch egal!“, fuhr Theo Drosen auf, beruhigte sich dann aber. „Mit einem gewissen Kurt Siepold.“

„Und warum *lautstark,* wie einige Leute angegeben haben?“

„Weil der ein Spinner ist. Ein Irrer. Gibt mir die Schuld am Tod seines Sohnes.“

„Siepold?“, dehnte Drösinger, und auch in mir klingelte etwas. „Etwa der Boxer?“

„Genau der.“

Werner Siepold. Ich hatte davon in den Zeitungen gelesen: Galt als viel versprechendes Talent heimischen Boxsports, bekam aber in einem Qualifikationskampf so schwere Prügel, dass er eine Woche im Koma lag und dann starb. Es waren, wie immer in solchen Fällen, sofort Gerüchte aufgetaucht, dass er gedopt gewesen sei, sogar eine anonyme Anzeige gab es.

Also wurde eine Autopsie vorgenommen, die in Bezug auf Doping zwar negativ ausfiel, die aber zutage brachte, dass Werner Siepold schwere Medikamente gegen eine schwere virale Grippe genommen hatte. Und das bis unmittelbar vor dem Kampf – ein fieberkillendes Wundermittel, das, so die darauf folgenden Gerüchte, gleich ihn mit gekillt hatte.

Nach meiner Erinnerung war natürlich die ganze Schuld am jungen Boxer selber hängen geblieben, er war so unvernünftig gewesen, er hatte es sich selber zuzuschreiben. Der ganze Kampf war letztlich so etwas wie . . . naja, eine Art *Selbstmord*.

Nun hält sich mein Mitleid mit Leuten, die sich bei Autorennen freiwillig erschlagen, oder die beim Extremklettern oder Paragleiten freiwillig abstürzen . . . oder eben auch mit Boxern, die sich freiwillig erschlagen lassen, in Grenzen – aber es gibt immer unfreiwillige Angehörige.

Und Kurt Siepold war so einer. War der Vater des . . . nennen wir's: *verunglückten* Boxers, und der gab eindeutig dem Manager seines Sohnes die Schuld, und das war, jetzt nicht mehr überraschend, der Nobel-Kneipier Theo Drosen.

Drösinger, Martens und zwei Uniformierte nahmen die Personalien der Gäste auf, ließen die verschreckte Meute aber bald ziehen.

Übrig blieben ein paar in meinen Augen höchst interessante Gestalten. Und ich beneidete Drösinger, Hauptkommissar der hiesigen Kripo, nicht um seinen Job.

Ich ahnte noch nicht, wie rasch es auch der meine werden sollte – aber der Reihe nach.

Übrig blieben, und ich fasse jetzt ein paar Dinge zusammen, die sich erst später ergeben haben, die Frau vom Theo Drosen, die erst nach den Schüssen ins Lokal gekommen war, übrig blieb ein Klaus Wöpper, wie sich später ergeben sollte auch ein Mitglied des Theo Drosen'schen Boxstalls, wenn auch weniger aus Sport-Karriere- denn aus Fitness-Gründen. Auch er war erst nach den Schüssen gekommen; und er wäre gekommen, weil er mit Theo Drosen etwas mit der Einteilung in dessen Box-Keller habe besprechen wollen.

Dann war noch eine Astrid Lehmann aufgetaucht und mit ihr ein riesiger Boxer-Rüde, der alle und alles vollsabberte und ununterbrochen an jedem Menschen hinaufspringen wollte, ein Gesichtsschlecker-Mistvieh, das eigentlich sofort eingeschläfert gehört hätte. Sie war gekommen, weil Theo Drosen sie tags zuvor gefeuert hatte. Sie gab an, dass sie noch einmal darüber mit ihm habe reden wollen. Sie sei allein stehend, auf ein Einkommen angewiesen und habe es nicht fassen können, dass ihr Axel plötzlich stören sollte.

Drosen fuhr sie auch jetzt sofort an, dass sie sich das sparen hätte können, dass er eine Kellnerin brauche, und nicht jemanden, der das halbe Personal zum „Hundesitten" verurteilt hätte. Dass es außerdem unhygienisch sei, wie sich ihr Vieh in der Küche herumgetrieben hätte ... und so weiter. Drosen war ein unsympathischer Typ, aber in dem Punkt hatte er ganz bestimmt Recht. Aber das sah Frauchen Astrid natürlich anders, und Drösinger hatte alle Hände voll zu tun, den voll in Gang gekommen Streit über die Sauberkeit von Axel zu beenden.

Es gelang ihm schließlich, und weil zwei Leute von sich aus erzählt hatten, warum sie ins Lokal und zu Theo Drosen gekommen waren, stellte er diese Frage auch der Frau des Beschossenen – Hannelore Drosen. Diese reagierte auf die Frage äußerst aufbrausend.

Was er sich mit dieser Frage einbilde, sie werde doch in ihr eigenes Lokal gehen dürfen, wann immer sie Lust habe ... Was ihn das anginge, wann sie ihren Mann besuchen komme ... Und überhaupt solle er sich um den Schützen kümmern, nicht ehrliche, schwer arbeitende Gewerbetreibende belästigen. Aber das sei wieder einmal typisch für „unsere Polizei", die ehrliche Bürger belästige, gegen die wahren Schurken aber keine Chance hätte.

„Haben Sie schon draußen nach Spuren gesucht?", fuhr sie den Hauptkommissar an. „Haben Sie überhaupt schon irgendetwas getan, um den Todesschützen zu fassen? Wer sagt Ihnen denn, dass er nicht schon wieder draußen steht und hereinzielt?"

Drösinger tat mir fast Leid – natürlich plagten sich seine Leute von der Spurensicherung draußen ab. Aber es war finster, und welche Spuren hinterlässt einer schon, der mit einem Gewehr – ich weiß nicht, wieso ich ein Gewehr annahm – durch ein Fenster schießt.

Drösinger hatte den Ausbruch relativ gefasst über sich ergehen lassen und die aufgebrachte Hannelore Drosen, als die schließlich doch einmal Luft holen musste, darauf hingewiesen, dass absolut nichts passiert sei, außer dass eine Glasscheibe zu Bruch gegangen sei. „Und das regelt doch wohl Ihre Haushaltsversicherung, oder?"

Ich hätte ihm diese Bosheit nicht zugetraut, ganz ehrlich.

Von seiner Frau aufgestachelt mischte sich jetzt auch noch Theo Drosen in den Streit ein.

Ich genoss es eine Zeit lang, wie sich Drösinger wand, wie sich die beiden Wirtsleute immer mehr hineinsteigerten – konzentrierte mich aber bald eher darauf, die beiden anderen, Klaus Wöpper und Astrid Lehmann, zu beobachten.

Wöpper war ein typischer Katalog-Schönling, alles an ihm war gestylt, er war bei jedem

Blick und bei jeder Bewegung auf Wirkung bedacht – kein Typ, den ich mochte.

Astrid Lehmann, die schon gehen hatte wollen, folgte dem Streit mit offenem Mund und kämpfte dabei ununterbrochen gegen ihren Köter, den die gereizten Stimmen offenbar zum Mitmischen animierten.

Plötzlich ließ mich bei meinen Beobachtungen das Stichwort „Detektiv“ hochschrecken.

Drösinger oder Martens, der sich auch eingemischt hatte, hatte die Polizei offenbar damit verteidigt, dass sie nur etwas unternehmen könne, wenn tatsächlich etwas geschehen sei.

Das ist natürlich gegenüber einem *Beinahe-Opfer*, auf den gerade drei Schüsse abgefeuert worden waren, ein etwas zweischneidiges Argument, und so begann Theo Drosen zu toben:

„Muss ich also erst tot sein, bevor ihr etwas unternehmt ... Muss also erst eine Leiche herumliegen, bevor ihr euch um einen offensichtlichen Gewaltverbrecher kümmert ... Muss er beim nächsten Mal mehr Glück haben, damit die Polizei diesen Irren einsperrt ... Muss ein ehrlicher Steuerzahler sich einen Privatdetektiv nehmen, weil ihr nichts tun könnt, bis einer endgültig ermordet ist ...“

Und da explodierte Drösinger nun seinerseits: „Dann nehmen Sie sich doch einen Privatdetektiv“, schrie er den verdatterten Drosen an, „wenn Sie glauben, dass der Ihnen mehr bringt – außer Kosten."

Und dabei wies er auf mich – und alle starrten mich an.

„Gestatten, Stein", verbeugte ich mich rasch artig und händigte Hannelore Drosen und ihrem Mann je eine Visitenkarte aus, „und der HERR Drösinger, Hauptkommissar der hiesigen Kripo, hat natürlich vollkommen Recht: In Ihrem Fall kann ein Privatdetektiv wesentlich mehr erreichen als die Polizei, der ja in Fällen wie diesen die Hände tatsächlich gebunden sind. Das bringt Ihnen, wie der Herr Hauptkommissar sehr richtig versprochen hat, ganz bestimmt mehr, und keinesfalls nur mehr Kosten . . ."

Drösinger funkelte mich wutentbrannt an, schon weil er sich immer ärgert, wenn ich die ganze Formulierung „HERR Drösinger, Hauptkommissar der hiesigen Kripo" ausspiele. Theo Drosen aber biss mit allem, womit man beißen kann, in den vorgeworfenen Köder:

„Die Kosten spielen überhaupt keine Rolle, Sie Klugscheißer", fuhr er den verdatterten Hauptkommissar an. Er griff mit beiden Händen in die Kassa, kramte in den Scheinen und drängte mir einen ganzen Packen auf:

„Da, das ist Ihr Vorschuss. Finden Sie das Schwein, das auf mich geschossen hat und zeigen Sie diesen Parasiten", damit meinte er die Beamten, „dass sie kein Mensch braucht."

„Weil sie ohnehin nichts tun können", äffte seine Frau hinterher, „bevor nicht einer tot ist."

Ich steckte das Geld ein, schätzte es auf mindestens 4.000 (und irrte mich nur um ein paar Zerquetschte, es waren genau 4.070 Mark, also vier Tagessätze ohne Spesen), versprach ihm sofort am nächsten Tag eine Quittung – und hatte einen Fall.

IV.

Als ich am nächsten Morgen ins Büro kam und Lena das Geldbündel aus Theo Drosens Abendkasse überreichte, war sie mir schon einen Schritt voraus.

Sie wusste, dass Kurt Siepold noch in der Nacht von Drösinger und seinen Männern verhaftet worden war, wegen Mordversuchs an meinem Auftraggeber.

Ich war reichlich von den Socken, denn natürlich hatte ich noch am Vorabend mitbekommen, dass der eine ungeheure Wut auf den Drosen hatte, ihm die Schuld geben wollte am Tod seines boxenden Sohnes. Aber dass Drösinger es so eilig haben würde, auf die Idee wäre ich denn doch nicht gekommen.

„Ich werde versuchen, aus Drösinger etwas herauszubekommen, so einfach kann's doch nicht gewesen sein."

„Du fährst zu ihm?"

„Na klar", grinste ich, „er hat mir schließlich zu diesem Auftrag verholfen, er wird mich schon nicht fressen." Und ich erzählte ihr, wie ich den gestrigen Abend verbracht hatte, wie ich aus einer Routine-Beschattung in einen Mord- und einen Mordversuchs-Fall geschlittert war.

Lena dachte an die Rechnungen in ihrem Schreibtisch, an die nächste Miete – war hochzufrieden und wünschte mir „viel Glück" beim Hauptkommissar.

Ich besuchte also Drösinger, und noch bevor ich mich bei ihm dafür bedanken konnte, wie elegant er mir einen Auftrag zukommen hatte lassen, begrüßte er mich gleich mit einem boshaften „das war aber ein kurzer Auftrag, was, Stein?"

„Weil Sie den Falschen eingesperrt haben, heißt das noch lange nicht, dass es ein kurzer Auftrag war. Für Ihre Fehler muss zum Glück nicht ich bezahlen."

„Wie kommen Sie darauf, dass Siepold der Falsche ist?"

„Und wie kommen Sie darauf, dass er der Richtige ist?"

Drösinger grinste überlegen: „Erfahrung und Polizeiarbeit. Er hatte alle Motive der Welt – und er hat kein Alibi."

Ich seufzte, fast ergeben: „Bei euch ist's immer der Nächstliegende. Da haben Sie den Mord an einem Box-Tycoon und einen Mordversuch an einem, der zumindest auch in dem Geschäft herumpfuscht ... Und was macht ihr? Ihr verhaftet den, der euch als Erster als Verdächtiger unterkommt ..."

Er zuckte bloß mit der Schulter, behielt sein überlegenes Grinsen bei.

„War der Siepold denn überhaupt in der Nähe des Tatortes? Und besitzt er überhaupt eine Waffe?"

„Ersteres werden wir ihm beweisen, und so ein Kleinkalibergewehr kann man sich in jedem Sportgeschäft kaufen. Leider."

Hatte ich also doch etwas erfahren, der Besuch hatte sich schon gelohnt.

„Na, und wo ist es jetzt? Habt ihr es bei ihm gefunden?"

„Natürlich nicht, das hat er nach den Schüssen natürlich weggeworfen."

Ich musste lachen: „So viel ich mitbekommen habe, seinerzeit, über die biographischen Angaben zu seinem verunglückten Sohn, sind das ganz, ganz kleine Verhältnisse. So viel ich weiß, ist Kurt Siepold Hausmeister. Glauben

Sie wirklich, so ein Typ schmeißt ein teures Gewehr nach nur drei Schüssen weg?"

„Dann hat er's irgendwo versteckt. Aber er war's. Tausendprozentig. Seine einzige Reaktion bei der Festnahme war die Frage, ob das Schwein wenigstens wirklich tot wäre."

„Tausend Prozent gibt's nicht ... Da werden Sie auch noch draufkommen. Und dann ... Alle Zeugen haben doch gestern ausgesagt, dass der Theo Drosen als er beschossen wurde, gerade mit Kurt Siepold telefonierte ..."

„Das war der Übertrick. Er hat ihn von der Telefonzelle gegenüber angerufen, weil er genau wusste, dass der Drosen dann vor dem Fenster stehen würde, durch das er am besten zu erwischen ist. Schlau, was? Oder ist Ihnen das auch zu schlau – für Ihren Hausmeister?"

„Und habt ihr dort wenigstens handfeste Spuren gefunden?"

„Was für Spuren können in einer Telefonzelle schon gefunden werden ..."

„Also nichts. Und Schmauchspuren beim Kurt Siepold?"

„Jetzt reicht's mir!" Er sprang auf, „Sie wissen ganz genau, dass der Nachweis von Schmauchspuren bei solchen Waffen nur ganz selten gelingt ..."

„Das heißt also: Ihr habt gar nichts. Ihr habt, wie es so eure Art ist, einfach einen eingesperrt und hofft jetzt, dass er's tatsächlich war. *Trial and error,* heißt so was in der Wissenschaft, aber für Polizeiarbeit ist das doch ein recht kühnes Vorgehen ... Finden Sie nicht?"

„Apropos Gehen ... Auf Wiedersehen!"

Er wies sehr bestimmt Richtung Tür – und ich sah eigentlich auch keinen Grund, warum ich hier noch länger herumhängen sollte.

Ich hoffte nur, dass ich ihn ein wenig verunsichert hatte – und nicht nur geärgert.

Meine nächste Station war jetzt natürlich Erna Siepold, die Frau des Verhafteten.

Ich musste unbedingt Näheres über Siepold senior erfahren.

Erna Siepold entpuppte sich als sicher nicht immer, aber im Moment reichlich verheulte ältere Frau, der man ansah, dass sie die meiste Zeit ihres Lebens hart gearbeitet – und sich den verbleibenden Rest Sorgen gemacht hatte.

Ich stellte mich als einen vor, der ihrem Mann helfen wollte, und sie ließ mich auch gleich ein.

Sie habe es ihrem Mann „immer schon" prophezeit, dass er sich mit seiner Idee einmal in Schwierigkeiten verrennen würde, sie habe ihn ja schon so oft gebeten, endlich aufzuhören, zu versuchen, zu einem normalen Leben zurückzufinden ... Aber er habe nicht auf sie hören wollen.

Ich ließ sie reden, sie brauchte nur hie und da

einen kleinen Stups – es tat ihr sichtlich gut, sich einmal aussprechen zu können. Für ihren Werner hatte es zuletzt nur noch das Boxen gegeben, er hatte vom Europameistertitel geträumt und seinen Eltern vorgeschwärmt, was er ihnen alles kaufen würde, wenn er erst Weltmeister wäre.

Und Theo Drosen sollte ihm dazu verhelfen.

„In Wirklichkeit hat er immer hier irgendwo geboxt ... Er ist oft mitten in der Nacht nach Hause gekommen ..."

„Hier irgendwo?", hakte ich nach, wollte wissen, was sie damit meinte, aber das wusste sie auch nicht genau: „Na, hier irgendwo", sie deutete mit den Armen um sich. „Hier, in der Nähe ... Ich weiß doch nicht. Ich meine, er war nie länger weg, oder so ..."

Geld habe er aber immer heimgebracht, das schon, und mit glänzenden Augen erzählt, was der Theo Drosen ihm alles versprochen hatte.

Und dann war er eine Woche krank im Bett gelegen, und jemand hätte ihm ein kleines Päckchen gebracht, und am Abend sei er weggegangen. „Er muss, hat er gesagt, es hängt sein ganzes Leben davon ab, hat er gesagt", und da sei er dann nicht mehr wiedergekommen. Vom Rest wären ohnehin die Zeitungen voll gewesen, und seit damals sei's auch mit ihrem Kurt aus gewesen.

Seit damals sei es eigentlich immer schlimmer geworden. Er habe vorher schon mit seinem Sohn gestritten, dass der für „Gangster“ boxt – und nachher sei das erst recht sein einziges Gesprächsthema geblieben.

Er sei bei der Polizei gewesen, habe Journalisten, so lange welche gekommen sind, immer wieder gesagt, dass der Theo Drosen seinen Sohn auf dem Gewissen habe. „Er hat einfach nicht mehr aufhören können damit . . .“

„Und Sie . . . Was glauben Sie? . . . Glauben Sie denn wirklich, dass er den Theo Drosen erschießen wollte?“

„So, wie er immer auf ihn geschimpft hat, trau' ich ihm schon alles zu.“

„Hat er denn tatsächlich einmal gedroht, dass er ihn umbringen will? Womöglich vor anderen Leuten?“

„Das nicht, aber er hat x-mal gewünscht, dass dieser Drosen tot wäre.“

„Und wissen Sie, ob er sich ein Gewehr gekauft hat? Ein Sportgewehr, Kleinkaliber?“

„Weiß ich nicht. Aber weil ich so dagegen war, gegen seine endlosen Stänkereien gegen Drosen und die ganze Welt, weil ich ihm immer vorgeworfen habe, dass er einfach nicht mehr aufhört, immer am gleichen herumzureiten, hat er mir ja vielleicht nicht mehr alles gesagt . . .“

Ich fürchtete das Allerschlimmste für den guten Kurt Siepold. Klar konnte der es auch nach meiner Ansicht nach durchaus gewesen sein. Aber es ging mir wegen Drösinger gegen den Strich. Und wegen dessen überlegenem, so typisch hauptkommissarlichem Grinsen.

Vor allem aber fürchtete ich das Allerschlimmste für Kurt Siepold, wenn seine Frau in ihrer grenzenlosen Naivität und nach lebenslangem Kummer der Polizei genauso gutgläubig all das mitteilte, was sie mir jetzt gesagt hatte.

„Haben Sie das alles der Polizei auch gesagt?"

„Nein, die wollten nur wissen, wo der Kurt gestern Abend war. Und ich hab' gesagt, er war nicht zu Hause. Dass er durch die Kneipen gezogen ist, seinen Kummer wegen dem Werner ertränken. Das hat er oft gemacht."

„Und sonst haben die gar nichts von Ihnen wissen wollen?"

„Nein, nicht viel. Ich muss ja sowieso heute Nachmittag zu ihnen kommen. Für die war von Anfang an klar ..."

„... dass es Ihr Mann war. Und für Sie auch."

Sie heulte wieder auf und jammerte, wie furchtbar doch alles wäre. Und ich dachte mir, dass sie sich das alles hätte ersparen können, wäre sie nicht so verdammt ehrlich.

„Wann müssen Sie denn bei der Kripo sein?"
„Um zwei, haben sie gesagt ..."
„Und was, glauben Sie, werden sie mit dem Kurt Siepold ... mit Ihrem Kurt machen? Wie lange, glauben Sie, wird der ins Gefängnis müssen?"
Ihr heftiges Schluchzen zeigte, dass sie mindestens mit lebenslänglich rechnete.
„Schade", begann ich vorsichtig, „dass er gestern Abend nicht zu Hause war. Dann wären alle Probleme gelöst. Er hätte zwar nicht gerade das wasserdichteste Alibi der Welt, aber immerhin eines, über das sich Drösinger, der Hauptkommissar der hiesigen Kripo, der Ihren Mann festgenommen hat ... „
„Nein ... der hat anders geheißen ..."
„Martens?"
„Ja, ich glaube ..."
„Desto besser. Aber heute müssen Sie zum Hauptkommissar. Das ist Ihnen doch klar?"
Sie heulte wieder auf, nichts war ihr klar, aber sie fürchtete sich nur noch mehr.
„Was glauben Sie denn, wo Ihr Mann war?"
„Na ... in den Kneipen ..."
„Dann kann er also nicht geschossen haben."
„Er war's ganz sicher nicht ..."
„Er hat in letzter Zeit ja auch viel weniger über den Theo Drosen geflucht, nicht wahr ..."
„Aber das stimmt ja gar nicht ..."

„Haben Sie ihn *heute* schon über den Theo Drosen fluchen hören? Ihn den Tod des Theo Drosen wünschen hören?"

„Nein ... aber heute ..."

„Na eben. Sie haben ihn also *in letzter Zeit* nicht mehr über den Theo Drosen fluchen gehört, haben *in letzter Zeit* nie mehr gehört, dass er ihm alles Schlechte wünschte ... Stimmt's?"

Sie nickte, aber überzeugt war sie ganz bestimmt nicht ...

„Ich meine ...", zu weit vorwagen durfte ich mich nicht, aber die Frau tat mir wirklich Leid, die ganze Umgebung, die Säuberlichkeit der armen Wohnung. Wahrscheinlich erlitt ich einen sentimentalen Aderlass. Ich kam mir wirklich wie nicht in dieser Welt vor ...

„Ich meine, wenn Sie definitiv *ganz genau* wissen, dass er in den Kneipen unterwegs war. Und wenn Sie ganz sicher wissen, dass er nicht geschossen hat, dann ist es doch ganz so, als wäre er gestern Abend zu Hause gewesen. Den ganzen Abend, mit Ihnen. Stimmt's?"

Sie sah mich aus rot unterlaufenen Augen unsicher an: „Ja ... aber ..."

„Kann er auf den Theo Drosen geschossen haben, wenn er hier bei Ihnen zu Hause war?"

„Nein, natürlich nicht ..."

„Na eben. Wo ist dann der Unterschied?"

„Was für ein ..."

„Na, der Unterschied, ob er unterwegs war und nicht geschossen hat oder ob er zu Hause war – und auch nicht geschossen hat . . ."

„Aber ich hab' der Polizei doch schon gesagt, dass er nicht . . ."

„Und das haben Sie auch besonders klug gemacht! Ihr Kurt sollte ruhig einmal merken, wohin er sich mit seinen fixen Ideen bringt. Der sollte ruhig einmal einen Denkzettel bekommen, damit er merkt, was er anrichtet, wenn er sich wegen Werner nicht endlich beruhigt. Der sollte ruhig einmal eine Nacht nachdenken dürfen . . . darüber . . . dass all sein Hass ihm seinen Sohn auch nicht mehr zurückbringt!"

„Genau!" Sie richtete sich auf: „Genau das wünsch' ich mir ja so . . ."

„Eben. Und darum haben Sie alles richtig gemacht und können natürlich noch viel mehr richtig machen. Aber es muss natürlich wahr sein, es muss", fügte ich rasch hinzu, weil sie offenbar ein Haar in der Suppe gefunden hatte, „genau das sein, was Sie wirklich wissen. Sie dürfen natürlich nicht lügen, das verlangt natürlich keiner von Ihnen. Aber es ist doch die reine Wahrheit, dass Ihr Kurt ganz gewiss nicht geschossen hat. Weil er zu so was gar nicht fähig ist und weil Sie das ganz genau wissen!"

Tja . . .

V.

Ich fand nicht, dass ich bei Erna Siepold eine besonders gute Rolle gespielt hatte – zumindest nicht, was das Loyalitätsverhältnis zwischen Detektiv und Auftraggeber betraf.

Kurt Siepold hatte Theo Drosen wahrlich zutiefst gehasst, und es sah, für mich zumindest, ganz so aus, als wäre dieser Hass recht begründet gewesen. Wenn das, was ich aus den Andeutungen meines Auftraggebers am Vorabend im Lokal und was mir die arme Erna eben erzählt hatte, stimmte.

Ich wagte gar nicht daran zu denken, welche Komplikationen wegen dieser idiotischen drei Fehlschüsse noch auf uns alle – ich dachte natürlich in erster Linie an mich, aber auch an Drösinger & Co. – zukommen mochten, wenn sie nicht von einer Person aus Theo Drosens privatem Umfeld abgefeuert worden waren.

Ich musste hinaus zu Drosens Villa und mit dem guten Mann einmal über andere Möglichkeiten reden.

Und am besten jetzt gleich.

Dass am selben Abend Kappbach-Althoff, allerdings ein anderes Kaliber in der Szene als Drosen, endgültig von allen Funktionen entbunden worden war, konnte natürlich purer Zufall sein, war aber doch Zeichen genug, dass es in diesem Schmutz-Geschäft rund ging. Es mochte aber genau so gut irgendeinen Zusammenhang geben – auch wenn es mich dann wunderte, dass Drosen in seinem Lokal gewesen war, und nicht in der Halle, bei einer angeblichen *Gala*. Vielleicht war das aber bereits, *weil* es einen Zusammenhang gab? In dem Geschäft ging es nur für einige wenige um Millionen, gar -zig Millionen. Für sehr viele ging es mit ebenso großem Einsatz nicht ums ganz große Geld, aber immer noch um sehr viel – irgendwelche Wettschiebereien liefen immer, und, was weiß ich, *kriegerische Konkurrenzkämpfe* konnten auch um Peanuts geführt werden.

In einem früheren Fall war ich einmal in einen Zwei-Meter-Barmixer hineingelaufen, der in genau diesem Metier gescheitert war, weil er schwul war, dass er auf bloßer Haut Eier kochen konnte.

Der hatte mir vom Party-Boxen und Hausboxen, von geschlossenen Veranstaltungen – hauptsächlich auf Einladungen von Unterweltkaisern – erzählt.

Dabei ging es rauer zu als bei jedem offiziellen Meeting, da kam es nur auf spektakuläres Dreschen an – und auf die Wetten.

Ulrich Lettner, so hatte der Typ geheißen, war fixes Pferd in so einem Stall gewesen, und anlässlich eines runden Geburtstags hatte es einen Herausforderungskampf gegeben. Er sollte für einen Frankfurter „King“ gegen den Kämpfer eines „Hohen Besuchs“ aus Hamburg in den Ring steigen, in irgendeiner Penthouse-Suite.

Der Kämpfer für den Strich der Reeperbahn war mit Maske gekommen – und hatte sich als gerade erst entthronter Europameister herausgestellt.

Mein ungläubiges „Wirklich? Die geben sich für so was her?“ hatte er auflachend beiseite gewischt:

„Sie haben ja keine Ahnung, was da für Gelder fließen. Und alles schwarz, alles an der Steuer vorbei.“

„Und? Wer hat gewonnen?“

„Ich. Mein halber Meter mehr und meine zwanzig Kilo mehr haben den Ausschlag gegeben. Boxerisch war er fünf Klassen besser, klar, aber ich hab' ihn einfach erdrückt.“

„Wird die vom Norden nicht gefreut haben ...“

„Hat sie auch nicht. Aber mir einen fetten Bonus eingebracht.“

„Und warum ging's in dem Geschäft nicht weiter?“

„Was glauben Sie? Die haben mich fallen gelassen. Schwul allein funktioniert bei denen schon unter keinen Umständen, und schwul und Boxen ... das ist schon völlig aus der Welt."

Geld – Wetten – Unterwelt also.

Warum nicht? Beim Kappbach-Althoff wohl sowieso, beim Schmalspur-Drosen hatte ich da meine Zweifel.

Und der noch nicht einmal 20-jährige Werner Siepold mit seinem Riesentalent mitten drin – funktionierte offenbar auch nicht.

VI.

Die Einfahrt zur Drosen'schen Villa stand offen, ich fuhr bis vor die Haustür, stieg aus, klingelte.

Ein älterer Mann öffnete nach einigen Minuten, er mochte etwas über 60 sein, ein robuster Typ, mit schlohweißem, etwas zu langem Haar. Er steckte in Cordhosen und einer grünen Lodenweste – er sah wie der Gärtner aus.

Ich fragte nach Theo Drosen und wurde barsch belehrt, dass der sich sicher in seinem Boxkeller herumtreiben würde – daran hatte ich natürlich nicht gedacht.

Auch meine Frage nach Hannelore Drosen wurde abschlägig beschieden, wo die sich „herumtreibt" wisse er schon gar nicht.

Endlich fragte er mich, wer ich sei und was ich wollte.

Ich ließ die erste Frage unbeantwortet und stellte mich bloß als einen vor, der wegen der drei Schüsse vom Vorabend ermittle.

Und wieder erlebte ich den Schock, dass automatisch angenommen wurde, ich wäre von der Polizei.

So praktisch das auch ist – es trifft mich immer wieder hart.

Er bat mich ins Haus, stellte sich als Peter Barschel vor, den Schwiegervater vom „verdammten“ Theo Drosen, den Vater der „hirnverbrannten“ Hannelore.

„Und was verschafft den beiden die Ehre Ihrer so unmissverständlichen Charakterisierungen?“, verstieg ich mich in eine meiner trefflichen Formulierungen, und Peter Barschel ging, während er auch mir ungefragt irgendetwas höchst Kompliziertes mixte, gleich ab wie ein Maschinengewehr.

Wenn ich geglaubt hatte, Kurt Siepold hätte abgrundtiefen Hass auf Theo Drosen, so belehrte mich dieser aufgebrachte Schwiegervater, dass er nicht der Einzige war.

Oder nein, nicht wirklich Hass. Eher Abscheu, tiefste Verachtung. Er verabscheute Theo Drosens Hang zum Boxen, verabscheute, wie der sein Prachtlokal verludern ließ . . .

„*Ihr* Lokal?"

„Mein Lokal. Es wird immer mein Lokal bleiben ... immer. Es war immer mein Lokal. Vor ...", er rechnete kurz, „gut vier Jahren hat mich meine inzwischen verstorbene Frau überredet, dass wir das Restaurant auf Hannelore überschreiben. Sie hat ja auch die Ausbildung und die Gewerbeberechtigung. Er hat natürlich gar nichts. Und das Nächste, was wir gehört haben, war, dass dieses hirnlose Stück ihn, diesen Versager, als Miteigentümer eingetragen hat. Mich hat der Schlag getroffen, weil ich ja von Anfang an gewusst habe, was von diesem Theo zu halten ist – nichts. Und noch einmal nichts ... Entschuldigen Sie. Ich hab' Sie gar nicht gefragt ..."

Er hielt mir einen Halbliterkrug unter die Nase, aus dem es verführerisch roch.

„Danke, gerne ... Was ist das denn?"

„Meine Spezialität. *Cocktail Barschel*", er sprach es französisch aus, „war der Hit meines Lokals."

Ich nippte vorsichtig daran, öffnete meinen Mund ...

„Sie brauchen gar nicht zu fragen. Wird nicht verraten."

„Gin und Wodka jedenfalls ..."

„Nicht schlecht, das ist aber das Einfachste daran ..."

Wir genossen beide, allerdings nicht sehr lange.

„Ich hätte ihn nie in den Betrieb gelassen. Aber meine Frau ... Sie kennen das ja."

Ich hatte keine Ahnung, zum Glück, nickte aber wissend.

„War ja nicht das erste Mal, dass die Hannelore mit so einem Abschaum daherkam. Alle ihre Männer waren unter jeder Kritik, alle. Vom ersten Freund in der Pubertät, der hat später lebenslänglich bekommen, bewaffneter Banküberfall, drei Tote ... da war's mit der Hannelore zum Glück schon vorbei ... über einen Heiratsschwindler, bei dem sie eine von fünf Verlobten war, bis rauf zu diesem unsäglichen Drosen mit seiner Box-Narretei."

„Was ist damit eigentlich? So ein Fitness-Center müsste doch ein gutes Geschäft sein. Ein zweites wirtschaftliches Standbein ..."

„... das er sich ausschließlich über Entnahmen aus dem ersten wirtschaftlichen Standbein erhält. Der hat doch nichts im Schädel als dort Geld hineinzubuttern. Träumt davon, dass ausgerechnet er einen europäischen Weltmeister entdeckt, weil er in irgendeiner Scheißprovinz einmal einen Kreismeister gehabt hat. Typisch für diese hergelaufenen Ossis, den Kopf voller krauser Ideen, und nie etwas dahinter. Rasch absahnen ..."

„Sie scheinen ziemlich gut Bescheid zu wissen, über diesen Box-Laden."

„Ich war einmal blöd – bin's aber nicht immer. Sie versuchen mich über das Lokal im Unklaren zu lassen, aber ich weiß, dass aus einem gut gehenden Betrieb ein hochverschuldetes Bankrott-Unternehmen geworden ist. Sie waren gestern dort?"

Ich wollte bejahen, aber er sprudelte schon weiter:

„Klar doch, wenn Sie die Ermittlungen leiten. Wie viele Leute, Gäste meine ich jetzt, waren dort? Zehn? Zwölf?"

Ich nickte: „So ungefähr, ja. Es war allerdings schon ziemlich spät . . ."

„In einem Spitzenrestaurant mit 120 Plätzen!", wischte er meinen Entschuldigungsversuch beiseite. „Bei mir musste eine Woche vorher ein Tisch reserviert werden, und da hab' ich mir das Publikum ausgesucht. Handverlesene Qualität, sozusagen. Aber wenn der Wirt kein Niveau hat . . ."

Er nahm einen tiefen Schluck der wahrlich hyperstarken Mixtur, und ich machte mir allmählich Sorgen wegen der tiefen Röte, die sein Gesicht angenommen hatte, sei es vom Getränk, sei es durch die Aufregung, in die er sich hineinredete.

„Er wird alles verpulvern, was wir, meine selige Frau und ich, an Liebe und Arbeit hineingesteckt haben – und diese Kuh Hannelore wird vor dem Nichts stehen. Ich hoffe nur, dass ich das dann nicht mehr erlebe."

„Wenn ich Sie über Ihren Schwiegersohn so reden höre, und Ihre Emotionen in Betracht ziehe, wissen Sie, was ich mir dann in Bezug auf die drei Schüsse gestern denke?"

„Dass ich ein wunderbares Motiv hätte, diesen Idioten wegzupusten. Natürlich weiß ich das. Aber ich war gestern den ganzen Abend am anderen Ende der Stadt, mit Landgerichtsrat Fuchs. Kennen Sie den?" – Ich nickte. Wer kannte den nicht? – „Dr. Renfranz von der Universitätsklinik und mit Schneider, meinem ehemaligen Koch, der aufgehört hatte, als ich aufhörte, zusammen. Wir spielten Skat. Sie können alle drei anrufen, dazu noch die Frauen von Landgerichtsrat und von Dr. Renfranz. Martin, also Schneider, ist auch Witwer, wie ich."

„Wir müssen das natürlich überprüfen", untermauerte ich meine zufällige Rolle, „aber ich bin jetzt schon überzeugt, dass Ihre Angaben stimmen."

Na klar. So klug war der alte Bursche allemal, dass er nicht solche Namen ankarren würde, wenn's nicht stimmte. Nichts ist so leicht überprüfbar wie ein Alibi. Drum wundert's mich immer wieder, dass so viele es mit einem falschen Versuchen.

„Außerdem hätte ich unter gar keinen Umständen danebengeschossen, das können Sie mir getrost glauben."

Sie werden es nicht für möglich halten – aber das glaubte ich ihm tatsächlich.

Der alte Knacker war richtig sympathisch, war in seiner aufrechten Empörung etliche Jahre jünger geworden ... Und ganz gewiss tat sein wunderbares Gesöff das seinige zu diesem Gesamteindruck.

„Ich hoffe", sagte ich daher im Aufstehen, „dass Sie nicht mit all Ihren Befürchtungen Recht haben, dass Sie mit Ihren Einschätzungen wenigstens so weit danebenliegen, dass mit Ihrem Lokal nicht wirklich etwas passiert ..."

„Manchmal hoffe ich das auch", lachte er bitter, „aber da muss ich schon sehr schwer geladen haben ... Schade, dass Sie schon gehen müssen ..."

„Tut mir auch Leid ... Ich finde den Weg hinaus schon alleine", bemerkte ich rasch, als er sich gleich wieder einer neuen Mixerei zuwandte, sich gar nicht mehr um mich kümmerte und ohnehin keine Anstalten machte, mich zur Tür zu begleiten.

Ein sonderbarer alter Kauz.

Aber er war jetzt schon der zweite an einem

Vormittag – ich sah auf die Uhr: tatsächlich, erst knapp vor 12 – der alles andere als ein symphatisches Bild von meinem Auftraggeber zeichnete.

Und war's bei Kurt Siepold zu einem guten Teil irrationaler Hass, so hatte dieser Peter Barschel eine ganze Reihe ziemlich triftiger, handfester, durchaus materieller Gründe zur Sprache gebracht, die Theo Drosen als deutlichen Störfaktor in dieser Welt auswiesen.

Ich überlegte, dass ich gleich in diese Richtung weitermachen konnte: Wenn Theo Drosen seine Kellnerin Astrid Lehmann vor ein paar Tagen entlassen hatte, war die auf ihn sicher ebenfalls nicht besonders gut zu sprechen.

Ich konnte das gleich auch hinter mich bringen, dann hatte ich – zumindest nach meinem derzeitigen Wissensstand – einmal diejenigen Leute hinter mir, die absolut keinen Grund hatten, in Theo Drosen etwas Positives zu sehen.

Auch eine Vorgangsweise, dachte ich mir.

Aber zum System würde ich sie nicht auswachsen lassen.

VII.

Astrid Lehmann war dabei gewesen, als mir Theo Drosen den Packen Geld und den Auftrag in die Arme warf – ihr konnte ich also keinen Polizisten vorspielen, dementsprechend abweisend empfing sie mich.

Ihr Köter tat noch ein Übriges: Zwar biss er mir nicht die Kehle durch, aber ich merkte deutlich, dass es genau das wäre, was er am liebsten tun würde.

Ich versuchte, die Frau möglichst zwischen mir und diesem wandelnden Gebiss zu halten – was gar nicht einfach war in ihrer kleinen, unsagbar angeräumten Wohnung.

„Muss ich eigentlich mit Ihnen sprechen?“, wollte sie auch gleich wissen – kein sehr viel versprechender Anfang.

„Nein. Müssen Sie nicht. Aber Sie sind gestern zu einem recht ungünstigen Zeitpunkt ins Lokal gekommen, nämlich knapp nach den Schüssen. Sie hätten also die Schützin sein können. Und Sie hatten ein Motiv . . . haben noch immer ein Motiv . . .“

Sie fuhr zusammen, wollte mich gleich wieder aus ihrer Wohnung haben – und ihr Hund, wohl Telepath, vermittelte mir stark den Eindruck, was sonst geschehen würde.

„Wollen Sie mir drohen?“

„Nein, überhaupt nicht. Was ich damit sagen will, ist, dass Sie jedes Interesse der Welt haben müssten, dass ich meinen Auftrag ausführen kann. Wenn ich den Schützen finde, kann Sie niemand mehr verdächtigen. Ist doch logisch, oder?"

„Das wird die Polizei schon regeln, dafür braucht doch Sie keiner", wurde sie pampig, aber da hatte ich natürlich die besseren Argumente. Zumindest so lange sie nicht wusste, dass die Kripo den Siepold eingelocht hatte.

Ich erinnerte sie also daran, warum ich überhaupt von Theo Drosen beauftragt worden war – weil nämlich die Polizei sich eben nicht mit der nötigen Intensität um eine kaputte Fensterscheibe kümmern würde.

„Also darf ich Ihnen jetzt ein paar Fragen stellen?"

„Machen Sie, aber bitte schnell."

„Sie wollten gestern mit Theo Drosen noch einmal über Ihre Entlassung reden ..."

„Richtig."

„Warum hat er Sie denn entlassen?"

„Das geht Sie nichts an."

„Wie lange waren Sie bei ihm beschäftigt?"

„Zwei Jahre."

„Ich habe gedacht, ich könnte Ihnen ein paar Fragen stellen ..."

„Tun Sie ja auch."

„Aber ..."

„Sind Sie jetzt fertig? Dann möchte ich Sie bitten zu gehen", erhob sie sich auch gleich – und ihr Killer-Alex fletschte die Zähne und knurrte gefährlich hungrig von irgendwo abgrundtief unten.

„Haben Sie irgendetwas bemerkt, als Sie sich dem Lokal näherten? Sie sind ja knapp nach den Schüssen gekommen ..."

„Nichts."

„Aber die Schüsse haben Sie gehört?"

„Hab' ich. Und ich hatte alle Hände voll zu tun, meinen Alex zu beruhigen."

„Aber Sie haben nichts gesehen?"

„Von zweimal die gleichen Fragen war nie die Rede ..."

„... und von sinnvollen Antworten wohl auch nicht. Sie haben Recht, es ist besser, wenn ich gehe."

Ich ging also, ganz wachsames Auge auf die Bombe im Pelz, und äußerst unverrichteter Dinge.

Ich musste mir für diese Astrid Lehmann aber etwas einfallen lassen: Wenn sie zwei Jahre in dem Restaurant gearbeitet hatte, hatte sie unter Garantie das eine oder andere mitbekommen, was für mich interessant sein konnte. Vor allem nach dem, was mir Peter Barschel erzählt hatte.

Wenn ich so an die weiblichen Akte dachte, mit denen diese Astrid Lehmann ihre Wände vollgepflastert hatte, war's vielleicht keine schlechte Idee, meine Lena herzuschicken.

Selbst wenn ich mich irren sollte, war das vielleicht keine schlechte Idee: Vielleicht sprach sich dieses Alex-Frauchen mit ihr leichter, so von Frau zu Frau.

Ich musste ohnehin ins Büro, dort unterrichtete ich Lena von dem, was ich den ganzen Tag getrieben und erfahren hatte, und sagte ihr auch, dass sie sich die Astrid Lehmann vorknöpfen werde müssen: Mit mir redete die Dame nicht.

Bei allem, was ich ihr zu berichten hatte, hatte aber sie die interessantere – und für mich beunruhigendere – Nachricht bereit:

Drösinger, Hauptkommissar der hiesigen Kripo, hatte angerufen. Und ihr erzählt, dass Erna Siepold wie verabredet um zwei Uhr bei ihm gewesen wäre und dass deren Mann plötzlich ein Alibi gehabt hätte. Dass er nicht daran glaubte, dass das nicht mit meinem Besuch bei Erna Siepold zusammenhängen würde – und dass ich ihn kontaktieren sollte, „tot oder lebendig, vorzugsweise tot“.

„. . . und er hat gar nicht freundlich geklungen“, beendete Lena ihren Bericht. „Was hast du dieser Erna Siepold denn eingeredet? Dass sie ihrem Mann ein Alibi geben soll?“

„Um Himmels willen! Wie käme ich denn dazu! Glaubst du wirklich, ich riskiere wegen so etwas meine Lizenz?“

Meine Empörung musste recht echt geklungen haben – sie schien mir zu glauben.

Und weil ich damit offensichtlich so gut drauf war, rief ich auch sofort den HERRN Drösinger, Hauptkommissar der hiesigen Kripo, an – der aber glaubte mir kein Wort.

Beflegelte mich rauf und runter, beschuldigte mich, die „arme, naive“ Frau „zu einer strafbaren Handlung“ beeinflusst zu haben, und drohte mir natürlich mit allem, mit dem Polizisten höherer Dienstgrade Privatdetektive in allen schlechten Filmen bedrohen.

Ich ließ ihn geduldig weiterschimpfen und fragte ihn, als er einmal Luft holen musste, ob er sich schon überlegt hätte, dass die Schüsse meiner Meinung nach durchaus auch aus dem zwielichtigen Boxer-Mileu, das Theo Drosens Welt war, stammen konnten. Ob er schon überprüft hätte, fragte ich ihn, ob es eine Verbindung zwischen dem Kappbach-Althoff und dem Drosen gegeben hätte, ob er von Veranstaltungen gehört hätte, bei denen illegal gewettet würde. Er lachte hell auf und fragte mich, wessen Interessen ich eigentlich vertreten würde. Und damit hatte er mich doch tatsächlich auf dem falschen Fuß erwischt.

„Mir geht es um die Wahrheit ...“, konnte ich nur äußerst lahm abwehren, und die Fortsetzung meines Rückzuges war auch nicht von einer Qualität, die das Büro Stein mit Ruhm bekleckern konnte: „Ich weiß nicht, womit Sie den heutigen Tag gefüllt haben – aber die Ergebnisse meiner Recherchen haben doch ein überaus großes Engagement des Drosen in diesem Milieu ergeben. Natürlich ist das a priori nicht illegal, aber die tödliche Bedrohung für meinen Klienten kann durchaus aus diesen Kreisen kommen. Haben Sie überhaupt schon mal was von Partyboxen gehört? Von Privatkämpfen und den enormen Summen, die dabei verwettet werden?"

„Von wem haben Sie denn diesen Blödsinn?"

„Berufsgeheimnis. Ist doch klar. Und Sie sollten mich nicht beleidigen – sondern mir dankbar sein für den Tipp."

„Danke für den Tipp, etwas Dümmeres hab' ich noch nicht gehört", meinte er zum Abschluss und legte auf.

Ich grinste Lena an: „War gar nicht so schlimm, natürlich eine Folge meines *good-will*-Umtrunks . . ."

„Red dir da nur nichts ein. Übrigens: Hast du nun der Frau einen Floh ins Ohr gesetzt, oder nicht?"

„Tja, sagen wir's mal so . . ."

„Dann möchte ich aber nicht in deiner Haut stecken, wenn der Siepold es doch wirklich war. Und wenn er es womöglich wieder versucht – und dann womöglich mit mehr Erfolg."

Ich hatte daran natürlich auch schon mit einem gewissen Unbehagen gedacht, aber so offen ausgesprochen klang's doch noch ein wenig schärfer.

„Also ich geh' morgen zu dieser Astrid Lehmann – und jetzt nach Hause."

„Und ich darf dich natürlich nicht begleiten?"

„Und du darfst mich natürlich nicht begleiten. Klug erkannt."

Lena rauschte ab, ich holte mir ein Bier aus dem Kühlschrank und begann mir zusammenzuschreiben, was ich bisher wusste.

Viel war's nicht, also warf ich den Zettel, auf dem *Theo Drosen* stand, zweimal unterstrichen, und sonst nichts, in den Papierkorb, löschte das Licht und ging auch.

Ich wollte den Tag eigentlich Tag sein und bei ein paar Bierchen ausklingen lassen, aber dann dachte ich mir, dass in Theo Drosens Boxkeller der Betrieb um diese Zeit doch sicher erst allmählich angeht, dass es nicht schaden konnte, sich den Laden einmal anzusehen, und ich fuhr dorthin.

Wo geboxt wird, wird geschwitzt. Und wo geschwitzt wird, gibt es sicher Bier.

Vielleicht konnte ich so beide Pläne für den Abend verbinden.

VIII.

Als ich in Theos Box- und Fitness-Center ankam, verstand ich, warum alle Welt vom Box*keller* sprach: Man musste vom Bürgersteig über 18, 20 Treppen nach unten gehen, geriet in einen Empfangsraum – der, als ich kam, gerade leer war – und dann gleich in eine mittelgroße Halle, in der zwei Boxringe nebeneinander Platz hatten, und in denen sich gerade vier Leute gegenseitig verprügelten.

Drosen stand auf der gegenüberliegenden Seite am Ring, eine Zigarre im Mundwinkel.

Er sah mit dieser Zigarre, seinem absurden Hut und in seinem abgelatschten Joggeranzug wirklich so aus, wie sich der kleine Maxi einen Boxmanager aus alten Filmen abguckt, und ich verstand die Aufregung des Peter Barschel immer besser: Ganz dicht schien mir mein Auftraggeber, vor allem wenn ich mich hier so umblickte, nicht zu sein.

Von hier aus wollte er einen Meisterboxer auf die Welt loslassen? Aus diesem abbruchreifen Gemäuer? Andererseits – was verstand ich schon davon.

Als er mich auf sich zukommen sah, schien er erst nachdenken zu müssen, wo er mich hintun sollte – und ich konnte es ihm nicht einmal verübeln. Meine Verpflichtung am Vorabend war ja nicht gerade das Ergebnis langer Überlegungen gewesen, und sehr in Szene gesetzt hatte ich mich in seiner Gegenwart auch noch nicht.

„Und? Was wollen Sie hier?“, wollte er dann sofort wissen, kaum dass es ihm gelungen war, mich einzuordnen.

„Ich muss mir doch ein Gesamtbild . . . äh . . . bilden. Und zum Bild von Ihnen gehört doch wohl auch dieses Center. Toll, übrigens“, setzte ich hinzu, ganz gegen meine Überzeugung.

Aber wer zahlt, soll auch hie und da etwas hören, was ihm gut tut.

„Weder ist hier auf mich geschossen worden noch habe ich selber auf mich geschossen. Also brauchen Sie weder von hier ein Bild noch von mir. Was ich dagegen von Ihnen will, und zwar rasch, ist ein Bild vom Täter. Von dem, der geschossen hat. Haben Sie die Quittung mit?“

„Welche . . .“

„Vom Vorschuss. Wie viel war's überhaupt?“

„Darum kümmert sich natürlich unsere Buchhaltung“, übertrieb ich, für Kenner von *Stein's Büro* sogar ziemlich maßlos, „Sie bekommen Ihre . . .“

„Ich sage Ihnen doch nichts Überraschendes, wenn ich Ihnen mitteile, dass ich eigentlich auf Sie verzichten will. Oder? Ich hab' mich gestern zu etwas . . . Unüberlegtem hinreißen lassen, von diesem dämlichen Polypen ... Wie hieß er doch?"

„Drösinger, Hauptkommissar der hiesigen Kripo", half ich ihm bereitwillig aus. „Und wenn dieser gedroht hat, erst etwas zu unternehmen, wenn es für Sie als Betroffenen zu spät ist, hat er nicht gelogen. Sie sollten also nicht so leichtfertig von meiner Verpflichtung sprechen. Wer einmal schießt, schießt vielleicht ein zweites Mal. Und wer einmal daneben schießt, muss das nicht zwangsläufig auch beim zweiten Versuch tun."

Er sah mich nachdenklich an. „Also gut", meinte er schließlich, „dann sagen Sie mir Bescheid, wenn Sie etwas herausgefunden haben, wenn der Vorschuss verbraucht ist, aber dann gefälligst: ade aus meinem Leben."

Damit drehte er sich von mir ab und begann wieder auf einen der Boxer im Ring einzuschreien.

In der hintersten Ecke der Halle sah ich, was ich insgeheim erhofft hatte – nur hätte ich es mir natürlich etwas gemütlicher gewünscht: Eine Theke mit einem schmuddeligen Typ im Jogging-Anzug dahinter, und einem Warsteiner-Schild.

Ich bestellte mir ein Pils – und es war erstaunlich richtig gekühlt, schmeckte geradezu phantastisch.

Ich machte es mir bequem, besah mir die vier Millionen Fotos von Boxern an den Wänden, schloss, dass der Hilfs-Mister Universum im linken Ring alles andere als ein künftiger Weltmeister war und sah noch einmal hin:

Klaus Wöpper – ganz eindeutig. Man musste allerdings zweimal hinsehen, mindestens, unter diesem Lederhelm mit Aufprallschutz an der Flanke, mit vom Gebissschutz vorgewölbten Lippen ... Aber er war's, ganz unzweifelhaft.

Also kam ich heute vielleicht doch noch zu einem weiteren Interview, immerhin war der auch einer, der am Tatort gewesen war.

Nicht, dass ich das größte Arbeitsvieh der Welt wäre – aber ich sage immer, was getan werden muss, muss getan werden. Und wenn ich den Wöpper heute abhaken konnte, blieb er mir morgen erspart.

Ich versuchte abzuschätzen, wie viele Bierchen ich auf ihn würde warten müssen, als er von seinem ebenso vermummten Gegner eine gescheuert bekam, dass es ihn auf seinen Allerwertesten knallte.

„Klaus, du lahme Flasche", dröhnte auch schon Drosens Organ durch die Halle, „lass den Gregor ran, verstell mit deiner Hobby-Boxerei nicht wirklichen Könnern den Platz ..."

Klaus Wöpper kroch aus dem Ring, unter

seinem Helm kam ein nicht gerade glückliches Gesicht zum Vorschein. Er rieb sich mit einem Handtuch ab, hüllte sich in einen Frottee-Mantel und kam auf mich zu, genauer gesagt, auf die Theke.

Er bekam ohne zu bestellen ein Wasser, mit einer Scheibe Zitrone drin, die er herausfischte und zu kauen begann, dann sah er mich – und stutzte, ähnlich wie vor ihm Drosen.

Er kam unsicher auf mich zu. „Sind Sie ... äh ...?“

„Genau“, half ich ihm. „Ich bin der ... äh ... Setzen Sie sich doch.“

Er war noch immer nicht ganz auf der Höhe. „Ich kenne Sie doch ... der ...“

„Genau“, half ich ihm wieder und musste grinsen: Boxen regt die Gehirntätigkeit ganz offensichtlich ungeheuer an.

„Ich war gestern im Restaurant, als auf Ihren Trainer ...“, er lachte lautlos auf, „geschossen wurde. Ich soll herausfinden, wer es war. Stein, Privatdetektiv.“

„Ah ja. Privatdetektiv. Ich hab' mir Privatdetektive immer ganz anders vorgestellt ...“

„Sehen Sie, genau das ist mein Vorteil. Und soll ich Ihnen jetzt erzählen, wie ich mir Boxer immer vorgestellt habe?“

Er lachte wieder. „Dann komme ganz bestimmt nicht ich heraus. Aber das macht nichts.

Ich fühle mich ja auch nicht als Boxer ... auch wenn der Theo das manchmal vergisst."

„Warum prügeln Sie sich dann in einem derartigen Etablissement herum?"

Er schlürfte an seinem Wasser. „Fitness. Der Körper eines Menschen ist sein bestes Kapital – wer ihn verkommen lässt, verdient ihn nicht."

O Gott, was war denn das für einer?

„*Der Körper*? Und der Geist? Das Denken?"

„Das auch", gab er mir Recht, etwas mühsam, wie mir vorkam. Daran hatte er wahrscheinlich noch nicht gedacht.

„Aber wenn der Körper Ihr Kapital ist – Sie sich aber nicht als Boxer fühlen – inwiefern ist Ihr Körper dann Ihr ...", ich unterbrach mich kurz, mir war klar geworden, wie blöd diese Frage war, ich setzte aber schließlich doch fort, um ihn nicht zu überfordern, „... Kapital? Ich meine ... Sie haben natürlich einen Prachtkörper, nach allem, was ich gesehen habe ..." (Mir wurde fast schlecht. O Gott, war ich schon verdorben ...)

Er lächelte geschmeichelt, „man tut, was man kann."

„Und was die Frauen lieben, Prosit!" Ich hob mein Bier.

Er hob sein Glas: „Genau! Prosit."

Genau. Genau so sah er aus, so wirkte er – und er machte auch gar kein Hehl daraus: Sich fit zu halten, in Schönheit zu erglänzen war gewiss einfacher als für seinen Lebensunterhalt zu arbeiten.

Und solange er Frauen fand, die es ihm ermöglichten ...?

„High life, was?", unterbrach uns Theo Drosen, der mit einem Bier und einer Currywurst mit Kartoffelsalat an unserem Tisch vorbeikam, sich aber nicht die Zeit nahm, stehen zu bleiben. Er musterte mich von oben bis unten und riet mir dann, mich in seinem Center einschreiben zu lassen. „Das könnte Ihnen ganz bestimmt nicht schaden! Ein bisschen Form schadet keinem."

„Hilft aber auch nicht, letzten Endes ...", aber er hörte schon nicht mehr zu. Ich suchte erfolgreich nach dem Faden des Gesprächs mit Wöpper, „und das funktioniert? Das mit dem Körper, meine ich. Davon kann man leben, dass man das auf den Markt wirft, was die Frauen lieben?"

„Man kann, Freund, man kann ...", das klang beinahe gönnerhaft.

„Könnte ich nicht", bemerkte ich ehrlich, und ich ließ offen, wie ich das meinte.

„Ich könnte Ihnen Geschichten erzählen, das würden Sie nicht glauben ..."

Es würde mich auch nicht interessieren, aber das würde er sich nicht vorstellen können. Ich hätte ihm am liebsten ein paar auf die griechisch-römische Nase gegeben, aber wer weiß, ob er nicht doch noch hilfreich sein konnte?

„Und", lockte ich daher, „haben Sie jetzt wieder eine Frau, die Sie glücklich machen?"

„Klar", kam die Antwort, ohne die geringste Verzögerung. Er fragte mich, als hätte ihn meine Frage an etwas erinnert, wie spät es sei, seine Uhr sei natürlich in der Garderobe, ließ sich dann aber noch ein Wasser bringen. Ich noch ein Bier „Ein wirklich gepflegtes Bier führen die da. Trinken Sie nur Wasser?"

„Ich muss", lachte er, „beruflich bedingt", und wieder das Lachen, so richtig von Mann zu Mann. „Wie gesagt: kapitalschonendes Leben!"

Ich wartete, bis mir das Bier gebracht wurde, wir schauten den Boxern zu und amüsierten uns über Theo Drosens wichtige Anweisungen, die zwischen den Currywurst- und Kartoffelbrocken als Parodien ihrer selbst aus seinem Mund kamen.

„Ist da einer dabei, der ihm seinen Traum vom Weltmeister-Manager erfüllen könnte?", steuerte ich vorsichtig ein Thema an, das mich mehr interessierte als sein Eintänzer-Dasein.

„Nein. Jetzt nicht mehr. Der Siepold hätte das Zeug gehabt, aber . . . das ist Geschichte."

„Das ist aber möglicherweise keine alte Geschichte, sondern die aktuelle der gestrigen Schüsse."

„Ich hab's gehört, ja. Sie haben den alten Siepold eingelocht ..."

„Sie sagen das so, als hätten Sie Ihre Zweifel ... Trauen Sie ihm so etwas nicht zu?"

„Die Polizei wird's besser wissen ..."

Ich sah keine Veranlassung, ihm auf die Nase zu binden, dass Siepold schon wieder heraußen war – wenn auch auf etwas zweifelhafte Weise.

„Ich habe Sie ja nicht zu irgendeiner Beweisführung eingeladen, ich wollte ja nur Ihre Meinung hören. Sie kannten den alten Siepold doch sicher?"

„Klar kannte ich ihn, er war oft hier. Einigen sogar zu oft ..."

„Dem Drosen?", deutete ich seinen Blick.

„Genau. Der fürchtete sich, dass er sich eine klassische Trainer-Vater-Konkurrenz züchtete. Ist ja schon öfters passiert. Trainer-Mütter bei den Eiskunstläuferinnen, Trainer-Väter dann eben bei den Boxern. Da hätte er beim Siepold aber keine Angst zu haben brauchen, der war immer viel zu sehr in Sorge um seinen Jungen. Der Theo wollte ihm sogar die Halle verbieten, aber damals hat sich der Werner ganz schön stark gemacht für seinen Alten. Da musste der Theo zurückstecken."

„Also haben die Spannungen zwischen den beiden schon früher angefangen?“

„Aber wie!“, Wöpper konnte, wenn er wollte, fast nachdenklich wirken. „Der alte Siepold ist ja nicht blöd. Der hat gesehen, mit welchem Ernst sein Junge bei der Sache ist und was da für ein Potential drinnen steckt ... und hat gefürchtet, dass er vom Theo verheizt wird.“

„Und? War es so?“

„Naja, nach allem, was passiert ist, glaubt wohl keiner mehr, dass es nicht so war.“

Ich spürte ein sonderbares Gefühl in der Magengegend, und ich kam erst später darauf, woher das kam.

„Nach dem Tod vom Werner Siepold waren die Zeitungen ja voll von Gerüchten. Und seitdem ist der Kurt Siepold hinter dem Drosen her ... War es so, wie es in den Zeitungen stand? Oder wie es der alte Siepold vermutet?“

Klaus Wöpper sah mich aufmerksam an. Ich starrte unschuldig zurück, lieferte auch eine Erklärung nach: „Ich möchte diesen Scheißjob so rasch wie möglich hinter mich bringen. Von mir aus kann es ruhig der Siepold gewesen sein, Hauptsache, ich werde mit diesem Job fertig. Deshalb diese Fragen.“

„Was in den Zeitungen steht, ist doch immer wahr. Wo leben Sie denn?“, stellte er gar nicht unwitzig fest, und ich lachte auch pflichtschuldigst.

„Hätte der Werner Siepold wirklich keine Chance auf einen Qualifikationskampf mehr bekommen, wenn er sich da nicht das Fieber runtervergiftet hätte?"

„Klar hätte er wieder eine Chance gehabt. Das muss er aber nicht gewusst haben. Wenn ihm jemand deutlich genug das Gegenteil einbläut, dann kann so ein junger Ehrgeizling schon Angst um die Karriere bekommen. Ist doch logisch!"

„Und das hat also jemand besorgt . . . keine Angst", reagierte ich auf seinen wieder besorgten Gesichtsausdruck, „ich frage Sie nicht, wer das war."

Dankbar sah er mich an, wies dann mutig mit dem Kinn auf Theo Drosen.

„Wenn es der Siepold nicht wahr, was Sie ja auch glauben, glauben Sie, dass die Schüsse etwas mit den Party-Boxereien, mit den illegalen Kämpfen um Riesengewinne zu tun gehabt haben können?"

„Kann ich mir nicht vorstellen."

Dass er darüber Bescheid wusste, wunderte mich nicht wirklich – dass er so bereitwillig darüber redete schon eher.

„Hat der Werner Siepold da auch gekämpft?"

„Viel zu oft. War für den Theo eine sichere Bank. Kein Mensch hat auf das Milchgesicht gesetzt, keiner, der ihn nicht kannte, traute ihm die Technik und die Schlagkraft zu ... Deshalb wurde er für den Theo ja so wertvoll. Das beste Pferd im Stall ... das zukunftsreichste."

„Aber das die Schüsse auf Drosen aus der Richtung gekommen sind, glauben Sie nicht."

„Glaube ich wirklich nicht."

„Auch dann nicht, wenn die zufällig am gleichen Abend fallen, an dem der Kappbach-Althoff erschlagen wurde? Richtig totgeprügelt?"

„Auch dann nicht. Der Theo will zwar ausgerechnet im Boxgeschäft hoch hinaus, aber für so eine Aktion war er ... ist er einfach nicht wichtig genug. Zu klein ... vielleicht *noch* zu klein."

„Sie wissen ziemlich genau Bescheid ..."

„Ich bin fast jeden Tag hier ..."

„Kapitalpflege."

„Genau. Kapitalpflege." Wir lachten beide. Ich sah keinen Sinn mehr in einer weiteren Unterhaltung mit dem Schönling, wusste aber auch sonst nicht, was ich mit dem angebrochenen Abend anfangen sollte. Also fragte ich ihn, was er von der Ermordung Kappbach-Althoffs hielt.

„Das musste ja wohl einmal so kommen", war sein erster Kommentar, und dann, nach einigem Zögern, meinte er noch: „Das sind zwar alles Betrüger, aber untereinander zu betrügen ist natürlich nicht ratsam."

„Und der Kappbach-Althoff hat betrogen?"

Er musterte mich, als wäre ich der ältere Bruder von Alf und gerade erst gelandet: „Erwarten Sie da eine Antwort?"

„Naja", schwächte ich meinen schlechten Eindruck ab, „geht mich ja auch nicht wirklich etwas an."

„Und mich zum Glück auch nicht ... Obwohl", grinste er, „wenn man eine Quote von 1:82 annimmt, und, sagen wir mal, einen Tausender setzt, weil man was weiß ... Rechnen Sie einmal aus", riet er mir im Aufstehen, „wie viele Motive 1.000 mal 82 ergeben. Und wenn Sie das haben, hängen Sie an den Tausender beliebig viele Nullen an, zwei, drei, vier ... Ganz, wie Sie es wünschen. Und haben."

Ich blieb hinter meinem Bierglas sitzen, rechnete, wie er es mir empfohlen hatte, und sah zu, wie ein großer Blonder von einem kleinen Schwarzen Prügel bezog, dann ein dicker, für diese Umgebung schon fast zu alter Bursche einem Muskelprotz das Fürchten beibrachte.

Als Klaus Wöpper vom Duschen und Umziehen zurückkam, hatte ich tatsächlich einige erkleckliche Sümmchen zusammengebracht, angesichts dieser Möglichkeiten kam mir mein

Theo Drosen gleich noch kleiner vor, ein Motiv aus diesen Kreisen noch unwahrscheinlicher. Wöpper saß jetzt in Jeans *(teuer!)* und Lederjacke *(teuer, teuer!)* neben mir – leider aber auch in seinem Arbeitsgeruch. Ich rauchte eine nach der anderen, brachte sein süßliches Parfum aber trotzdem tagelang nicht aus der Nase.

„Wer ist denn der Opa, der ..."

„Kennen Sie nicht?", er deutete auf ein Riesenplakat über unseren Köpfen, „unser Prachtstück. Zweimal Europameister, in zwei verschiedenen Klassen. Boxt hier noch immer alles in Grund und Boden ... Werden Sie eigentlich dahinter kommen, wer auf den Theo geschossen hat?"

„Naja ... Normalerweise kläre ich meine Fälle schon ... Ich muss zuerst einmal die Hintergründe sondieren, mir ein Gesamtbild machen ... Darum bin ich ja auch froh, mich mit Ihnen unterhalten zu haben."

„Wenn es dem Theo hilft ... gerne!"

Der Typ war wirklich der hellste in seiner Haut, ganz ohne Zweifel. Und auf so etwas fielen die Frauen rein? Und das so reihenweise, dass er davon leben konnte?

„Ich muss dann ...", bereitete ich meinen Abschied vor.

„Haben Sie eigentlich schon mit der Astrid Lehmann gesprochen?"

„Hätte ich das sollen?" Ich setzte mich wieder. „Wie kommen Sie jetzt darauf?"

„Ich hab' sie gesehen, gestern, vor dem Lokal. Mit ihrem Hund. Wie ich mit meinem Motorrad gekommen bin, war sie jedenfalls schon in der Straße. Also ... sie *muss* doch etwas gesehen haben!"

Das war zwar auch meine Überlegung gewesen, erinnerte mich aber daran, dass ich Lena noch extra darauf hinweisen sollte, auf diesen Umstand sollte sie besonders achten.

„Hat sie aber nicht, nach allem, was ich weiß ... Wissen Sie eigentlich, warum sie gefeuert wurde?"

„Na, letztlich wohl wegen dem Hund. Ein Hund kam zu oft in die Küche ... und stahl dem Koch ein Ei ...", er lachte laut über seinen Einfall, und ich armer Tropf musste mitlachen.

„Aber ein Motiv, auf den Drosen zu schießen, ist das wohl nicht, oder?"

„Kann ich mir nicht vorstellen ..."

Er verabschiedete sich brav von Theo Drosen mit Handschlag, ich winkte ihm zu, wir gingen gemeinsam rauf auf die Straße.

Ich sah ihm zu, wie er seinen Helm von der Kawasaki schnallte und dann sichtlich und vor allem hörbar stolz zeigte, was er doch für ein toller Hecht sei: Sein Kavaliersstart hatte gewiss einige Fensterscheiben zum Klirren gebracht, und noch sicherer jeden Schläfer des Blocks in die Senkrechte katapultiert.

IX.

Als ich am nächsten Morgen gerade Richtung Büro aufbrechen wollte, rief Lena an. Sie erzählte mir, dass sie nicht gleich ins Büro kommen, sondern den Besuch bei Astrid Lehmann hinter sich bringen wollte. Ich erzählte ihr, welchen „Tipp" mir Klaus Wöpper am Vorabend gegeben hatte, schärfte ihr unnötigerweise ein, diesen Punkt nicht zu vergessen – schließlich bin ich der Chef.

Als sie mir zu erklären begann, wo sie am Vortag was hingelegt habe, welche Kuverts dringend zur Post gebracht werden müssten und dass sie sich „da voll auf mich" verließe, war ich mir da nicht mehr so sicher.

Ich versicherte ihr, dass sie sich absolut keine Sorgen zu machen bräuchte, ich würde alles erledigen – und beschloss zugleich, mir ein ausgiebiges Frühstück mit allem Drum und Dran zu leisten, bevor ich ins Büro ging. Vielleicht hatte ich ja Glück und sie war schon vor mir da . . .

Ich überlegte, ob ich bei Siepolds vorbeischauen sollte – aber das würde mich nur deprimieren. Zu Drosens hinausfahren? Aber unter welchem Vorwand? Im Boxkeller ein paar vorzügliche Bierchen trinken? Nicht schon um diese Zeit.

Sonst fiel mir beim besten Willen niemand ein ... außer Drösinger, Hauptkommissar der hiesigen Kripo, aber den verdrängte ich sofort wieder.

Wenn das Frühstück seit Jahr und Tag ausschließlich aus Kaffee und dem ersten Rauch des Tages besteht, ist es gar nicht so einfach, plötzlich etwas Gehaltvolles in diese Richtung zu planen.

Ich sah mich schon in irgendeinem Kaffeehaus sitzen, Konfitüre auf Brötchen schmieren und fettige Finger bekommen. Mich über Zeitungen langweilen und wesentlich mieseren Kaffee schlürfen, als sogar ich ihn zu brauen imstande bin.

Man sagt, das Schöne am Nichtstun ist, dass man damit aufhören kann, wann man will.

Ich stand vor dem Problem, dass ich nicht wusste, wie damit anfangen.

Ich setzte mich also in meinen alten, heiß geliebten Rover und fuhr in der Gegend herum. Ich verirrte mich sogar aus der Stadt hinaus, steckte mein Autotelefon aus und trank tatsächlich in einer kleinen Konditorei einen miesen Kaffee, empfand das aber als gar nicht so schlimm, wie befürchtet ... Ich war über alle Maßen verblüfft über mich selber.

So müssen sich Leute im Ruhestand fühlen, dachte ich, und das trieb mir dann doch das schlechte Gewissen in die Knochen.

Ich blinzelte noch ein wenig in die Sonne – die mir richtig fremd vorkam, so ganz anders, als ich sie aus der Stadt kannte.

Ich sah auf die Uhr: Es war mir wirklich geglückt, drei Stunden herumzubringen, ohne etwas zu tun, ohne an meine Arbeit auch nur zu denken. Diese Leistung erfüllte mich mit Stolz, ich würde nur niemandem davon erzählen können. Lena würde mich einliefern lassen ... und sonst, ich erkannte das mit Schrecken, hatte ich niemanden.

Das dürften die Nachteile des Nichtstuns sein: Es fallen einem dabei Dinge auf und ein, die ein voller Tag normalerweise verschüttet.

So kam ich von meiner Hochstimmung direkt in eine sonderbare Abart von Katzenjammer: Tatsächlich, ich hatte außer Lena niemanden. Und Lena hatte ich, wie mir wohl klar war, auch nicht wirklich.

So einen Blaumacher-Tag würde ich nicht mehr riskieren, ganz gewiss nicht. Ich beschloss, mir das besonders gut zu merken, der Preis für einmal *Sonne-Neu*-Schauen war mir denn doch zu hoch.

Außerdem war der Kaffee doch noch mieser gewesen als befürchtet, diese ganze Fahrerei über den Stadtrand hinaus ein aufgelegter Blödsinn und reine Zeitverschwendung.

Würde mir nicht mehr passieren.

Nie wieder.

Als ich in mein Büro kam, war Lena tatsächlich schon da – und außer sich. Wo ich gewesen wäre, was mit meinem Autotelefon los wäre, dass rundherum die Welt zusammenstürze, Drösinger schon mit einer Fahndung nach mir gedroht habe ... Kurz: dass Theo Drosen, mein Auftraggeber, ermordet in seiner Villa aufgefunden und Kurt Siepold wieder eingesperrt worden wäre.

Er selber hätte in der Nacht die Polizei angerufen und den Tod Theo Drosens gemeldet, sei dann auch gleich an Ort und Stelle verhaftet worden.

Ich stand wie vom Schlag gerührt: Theo Drosen tot.

Und wenn es jetzt der Siepold war? Er durfte es nicht gewesen sein.

Ich war noch zusätzlich benommen von den Folgen dieses blöden Vormittags und ließ mich zunächst einmal in den bequemeren Besuchersessel fallen.

„Komm, Mädchen", beruhigte ich Lena, schon um mich selber zu beruhigen, „es wird nichts so heiß gegessen, wie es gekocht wird. Wenn dich jetzt der Schlag trifft, wird der Drosen auch nicht wieder lebendig."

„Und der Drösinger . . .?"

„Auch, ob der HERR Hauptkommissar mich eine Stunde früher oder später grillt, ändert nichts an den Tatsachen. Also nehmen wir uns jetzt in Ruhe einen Kaffee. Oder nein, noch besser. Wir gehen runter in diese neue Pizzeria, setzen uns in die Sonne, sind für niemanden erreichbar und können in Ruhe überlegen, was zu tun ist. Und wann." Damit stand ich auch schon auf und ging zur Tür.

Lena starrte mich mit weit offenem Mund an.

„Das kannst du doch nicht . . ."

„Willst du lieber hier bleiben und dir alle zehn Minuten Drösingers Tiraden anhören? Ich nicht . . . Und ich muss mir über ein paar Dinge den Kopf zerbrechen, bevor ich zu ihm gehe. Dass ich zu ihm muss, ist mir natürlich klar . . . Also komm jetzt."

Sie schüttelte den Kopf, ganz Pflichtbewusstsein.

In diesem Moment schrillte das Telefon los, sie fuhr hoch – und das Schnappen ihrer Tasche, das Aufnehmen der Jacke und das Hinausflitzen aus der Tür waren eine Bewegung.

„Braves Mädchen", lobte ich und schloss die

Tür. Im Gastgarten der Pizzeria bestellten wir uns einen Chianti – nach Essen war uns beiden nicht, und ich erzählte ihr Näheres von meiner Unterhaltung mit Erna Siepold. Danach verstand sie die Aufregung Drösingers natürlich gleich viel besser, verstand aber vor allem auch, warum ich es nicht so eilig hatte, mich vom Hauptkommissar finden zu lassen.

„Am liebsten würde ich eigentlich vorher mit der Erna Siepold reden, vielleicht kann ich da einige Informationen bekommen, die mir beim Drösinger helfen."

„Klingt vernünftig", gab sie mir Recht, und das Wort „vernünftig" schien sie an etwas zu erinnern: „Sag, wo warst du eigentlich heute Vormittag? Was hast du denn da getrieben?"

„Frag nicht, ich habe nachgedacht . . ."

„Nachgedacht?", zweifelte sie, ließ es aber dabei bewenden. „Also was machen wir jetzt, was machst du jetzt."

„Warst du bei der Astrid Lehmann?"

„Natürlich, aber ist das jetzt wirklich noch wichtig?"

Ich starrte nachdenklich in meinen Rotwein und überlegte, wie viel ich ihr von meinen wirklichen Sorgen anvertrauen sollte.

Alles, beschloss ich.

„Ja, Lena", sagte ich daher, „jetzt ist alles wichtiger als je zuvor. Bisher ging's um eine kaputte Scheibe, wie wir gewitzelt haben. Um einen Mordversuch. Jetzt geht's um Mord. Im Grunde ist alles, was wir bisher in den Fall investiert haben, doppelt ... ja, unendlich wichtiger. Wer bisher verdächtig war, auf Theo Drosen geschossen und ihn verfehlt zu haben, ist jetzt verdächtig, getroffen zu haben ... Wie ist er denn gestorben?"

„Erschlagen. Mehr weiß ich auch nicht."

„Erschlagen? Tatsächlich erschlagen?" – Die Parallele zu Kappbach-Althoffs Ableben drängte sich natürlich auf, war aber nicht mein vordringlichstes Problem.

„So hat es Drösinger am Telefon gesagt. In der Nacht, in seiner Villa. Erschlagen."

„Na dann ..."

„Was heißt ... na dann?"

„Der Drösinger hat mich ziemlich massiv beschuldigt, die Erna Siepold zu einem falschen Alibi gedrängt zu haben, was natürlich so nicht stimmt. Aber wenn das jetzt wirklich der Siepold war, und der Drösinger wird schon wegen mir alles daran setzen, dem Siepold den Mord nachzuweisen, dann erwischt es mich auch. Dann konstruiert er mir eine Mitschuld an einem Mord an den Hals, die sich gewaschen hat."

Lena tätschelte beruhigend meine Hand, und ich war ihr so dankbar, dass ich weder weiterführende Gedanken hatte noch diesbezüglich anzügliche Versuche startete.

Sie ließ mich mit meinen Gedanken allein, aber irgendwann machte sie einen wirklich passablen Vorschlag:

„Dann finden wir eben den Mörder, bevor der Drösinger dich findet – und schon ist alles kein Problem."

Tja, der Gedanke hatte natürlich etwas für sich, nur war die Ausführung nicht so einfach wie die Idee.

Lena nahm eine Serviette, kramte einen Kugelschreiber aus ihrer Tasche, setzte sich in Positur und fragte:

„Also, fang an. Wen haben wir? Wer kommt in Frage – und wen können wir ausscheiden?"

„Nun mach mal halblang", lachte ich und schob die Serviette weg. „Du hast natürlich Recht, genau so werden wir es machen, aber jetzt erzähl erst mal, was bei der Astrid Lehmann los war . . . Vielleicht ist da schon etwas dabei, was deine Mannschaftsaufstellung im Spiel Stein gegen Drösinger dann noch wertvoller macht."

„Darauf kannst du Gift nehmen . . .", hob sie bedeutungsschwanger an.

X.

Wenn ich darunter litt und davon profitierte, dass man mich für meinen Geschmack zu oft für einen Polizisten hielt, so hatte Lena künftig das Schicksal zu ertragen, für einen Fan der Biester gehalten zu werden, die vorne beißen und hinten ... die Straßen unserer Städte mit Häufchen übelster Art verunzieren.

Astrid Lehmanns Augen hatten zu strahlen begonnen, als sie Lena auf ihrer Schwelle sah:

„So schnell schon?" hatte sie sich gefreut. „Das hätte ich mir nicht erwartet ... Kommen Sie herein", und Axel war an ihr hochgesprungen, hatte ihr das Make Up vom Gesicht geleckt.

Die für Lena anfangs verwirrende Sachlage hatte sich rasch aufgeklärt, Astrid Lehmann hatte in einer Tageszeitung inseriert und ein neues Frauchen für ihren Axel gesucht.

„Schweren Herzens, aber was soll ich machen?"

Lena sah tatsächlich Tränen in den Augen der Frau, als sie ihr ihr Leid klagte: Es fiele ihr ja so schwer, sich von Axel zu trennen, „dem einzigen Mann, dem man vertrauen" könnte, aber was sollte sie machen? Sie habe ihren Job bei Drosen verloren, weil sie seit dem Tod ihrer Nachbarin niemanden mehr gefunden habe, der während sie bei der Arbeit war, ihren Hund nahm.

„Aber gibt es da nicht Stellen ... Tierschutzvereine ...“

„Natürlich, mit Wartelisten bis ins nächste Jahrtausend ... keine Chance.“

Das Problem sei ja nicht erst jetzt aufgetaucht, der Drosen habe sie wegen ihres Axel ja schon seit Wochen gepiesakt, seit eben die arme Frau Huber ...

Lena unterbrach sie und fragte mitfühlend: „Und deshalb suchen Sie jetzt für den Axel einen neuen Besitzer ...“

„Nein!“, Astrid Lehmann heulte fast auf, „keinen Besitzer, auf keinen Fall einen Besitzer! Eine Besitzer*in*! Axel braucht ein Frauchen, keinen ... *Mann*. Niemanden, der da den *Herrn* spielen muss ...“

Lena sah sie verwundert an und bekam allmählich ein schlechtes Gewissen, weil sie die Frau so lange im Unklaren wegen ihres Irrtums ließ.

„Zunächst hat es ja niemanden gestört, dass ich den Axel zur Arbeit mitnahm, er ist ja ohnehin so brav ... Aber dann, vor ein paar Wochen, wie gesagt, hat die Frau plötzlich durchgedreht, die Hannelore, die Chefin also ... Aber das war sicher nur Eifersucht ...“

„Mit Grund?“

„Was?“

„War Ihre Chefin mit Grund eifersüchtig auf Sie?“

Astrid Lehmann lachte hell auf, Axel beobachtete sie aufmerksam, möglicherweise hatte er diesen Ton schon lange nicht gehört: „Ich etwas mit dem? Nie im Leben! Ein Gastwirt mit Box-Ambitionen ... Kann man sich denn etwas Schlimmeres vorstellen?“

„Naja“, hakte Lena nach, „Aber irgendeinen Grund musste ihre Chefin ... Wo haben Sie denn gearbeitet?“

Lena war stolz, dass ihr gerade noch rechtzeitig eingefallen war, dass sie ja nichts von ihrem Gegenüber wissen durfte. Ich lobte sie auch gleich gebührend.

„Im *Franziskaner* ... Kennen Sie das Lokal?“

„Ich war noch nie dort“, sagte Lena wahrheitsgemäß, „aber ich hab' schon viel davon gehört. Gehört ja zu den besten der Stadt ... Komm her, Axel, komm zum neuen Frauchen ...“

Ich sah Lena bewundernd an: Des nenne ich Opferbereitschaft, das nenne ich Hingabe im Beruf!

Astrid Lehmann war auch ganz hingerissen vom „neuen Frauchen“ und nützte wohl die Gelegenheit, einmal mit jemandem anderem als ihrem Hund sprechen zu können.

Astrid Lehmann hatte wieder aufgelacht, und gleich aus zwei Gründen: „Es gehörte vielleicht einmal zu den besten Speiselokalen der Stadt, das war aber, als noch die Alten darauf waren, ihr Vater und seine Frau. Seit die Jungen das Lokal übernommen haben, ist es nur bergab gegangen. Er steckt ja das ganze Geld in seine Box-Träume ... und sie hat's wohl aufgegeben ... und sich ... Aber was rede ich da, das interessiert doch niemanden ..."

„Ooch", meinte Lena, „ich lebe alleine ... Leben Sie auch alleine?"

„Ja. Ich hatte einmal eine Freundin, mit der ich drei Jahre zusammen war, aber ..."

Eine Freundin?

„Ist sie ... seitenverkehrt?", fragte ich und Lena nickte sehr bestimmt: „Ganz entschieden!"

„Dann fällt also einer meiner heimlichen Hintergedanken weg, dass vielleicht sie und der Klaus Wöpper ..."

„Wie kommst du denn darauf?"

„Ich weiß nicht. Vielleicht weil er mir sie so ohne viel Grund als mögliche Zeugin genannt hat. Fast aufgedrängt hat. Ich dachte ..."

„Eher umgekehrt", unterbrach mich Lena, „nach dem, was du mir von ihm erzählt hast, versteht er es natürlich nicht, dass eine Frau auf Frauen steht, wo's doch Männer wie ihn gibt. Da kommt eher Groll von dieser Seite ... Außerdem liegst du mit deinem ... heimlichen Hintergedanken nicht ganz schief ... aber gründlich daneben."

Ich empfand diese Äußerung als ziemlich kryptisch – sagte aber nichts, ließ Lena weitererzählen.

Nachdem geklärt war, dass auch Lena alleine lebte, aber genau aus dem Grund „für ihr Leben gern" Geschichten aus anderer Menschen Leben hörte, kramte Astrid Lehmann, („ich bin die Astrid ... Lassen wir doch das dumme Sie!") eine Flasche Sherry hervor, goss gründlich ein und richtete alles für ein längeres Pläuschchen ein.

„Ich hab' mich ganz schön beschissen gefühlt, das kannst du mir glauben", gestand Lena, „diese Astrid Lehmann ist wirklich eine ganz arme Seele. Sie war so froh, dass sie jemanden gefunden hatte, mit dem sie reden konnte."

Ich glaubte es ihr, allerdings sah ich die Sache nicht ganz so krass. Aber das wird wohl daran liegen, dass ich schon öfters in derartigen Situationen war.

Astrid Lehmann würde natürlich behaupten, das liege daran, dass ich eben ein Mann wäre, und Männer kein Empfinden für derartige Situationen hätten, und ...

„Aber das verstehst du sicher nicht", sagte Lena in diesem Augenblick, „um das zu verstehen muss man wahrscheinlich eine Frau sein. Männer haben kein Gefühl für derartige . . ."

„Lena!", rief ich sie zur Ordnung. Das fehlte gerade noch, dass sie einen solchen Bazillus eingefangen hatte! „Und? War die Hannelore Drosen zu Recht eifersüchtig?"

„Nein, natürlich nicht . . . im Gegenteil."

Lena spielte mit ihrem Glas, und ich hatte den Verdacht, dass sie mich jetzt absichtlich auf die Folter spannte, es spannender machte als unbedingt nötig.

Schließlich sagte sie: „Die Hannelore Drosen hat ein Verhältnis . . ."

„Mit wem?"

„. . . mit Klaus Wöpper."

Das warf mich jetzt wirklich um . . . andererseits auch wieder nicht.

„Und? Wusste er davon? Der Theo Drosen?"

„Er hatte nicht die geringste Ahnung. Ich hab' auf dem Punkt wirklich herumgebohrt, aber die Astrid war sich hundertprozentig sicher . . ."

„Wie hätte er denn etwas bemerken sollen?", hatte Astrid Lehmann geradezu erstaunt gefragt. „Er hat doch nur seinen Boxkeller im Schädel. Aber alle anderen haben es gewusst, wir vom Personal . . ."

„Männer sind ja so blind und so dumm ...", hatte Lena Öl ins Feuer gegossen.

Und Astrid Lehmann war sofort angesprungen: „Richtig. Aber der Drosen hatte ja noch weniger Chancen dahinterzukommen als andere Hornochsen. Der war ja durch den Klaus Wöpper in seinem Center und durch seine Frau zu Hause und im Betrieb ununterbrochen unter Aufsicht. Der Wöpper kannte alle seine Termine und Vorhaben von der Box-Seite und die Chefin alle aus dem Geschäft ... Die konnten machen, was sie wollten, und waren immer vor ihm sicher. Wussten immer, wie weit er wie lange gerade weg war. Mich würd's nicht wundern, wenn die beiden ... Ach was ... das führt jetzt zu weit."

Die gute Lena ahnte, dass es da endlich zur Sache gehen würde, und brachte Astrid Lehmann tatsächlich dazu, von den Ereignissen der letzten Tage zu erzählen.

Von den Schüssen durchs Fenster in das Restaurant, die den Drosen „nur um ein paar Millimeter verfehlt" hätten, vom Polizeiaufmarsch danach – und der erstaunlichen, unerhörten Tatsache, dass sich der Drosen gleich dort, am selben Abend, einen Privatdetektiv gemietet hatte. „Einen Privatdetektiv! Stell dir das vor! Weil er mit dem Polizisten gestritten hatte ..." Diese Tatsache schien sie mehr beeindruckt zu haben als die Schüsse, als der Mordanschlag selbst.

Lena brachte sie dann auch wieder zurück zum angefangen Satz, zum Verdacht, dass sie, Astrid Lehmann, sich nicht wundern würde, „... wenn die beiden, wenn der Klaus Wöpper und die Chefin dahintersteckten ..."

„Ehrlich? Das könntest du dir vorstellen?", Lena hatte kugelrunde Augen gemacht. „So weit glaubst du würden die gehen?"

Und Astrid Lehmann hatte bestimmt genickt, dass es diesen beiden ohne weiteres zuzutrauen wäre, dass sie den Chef beiseite räumten, um freie Bahn zu haben. „Im Geschäft, und in dem, was sie als Liebe konsumieren ..."

„Ich hab' sie in diesem Stadium unseres Gesprächs natürlich nicht fragen können, was sie gesehen hat ... an jenem Abend. Es hat sich einfach alles anders entwickelt durch ihren Irrtum wegen des Hundes, wegen dieses Inserats ... Und die wartet wahrscheinlich jetzt noch darauf, dass ich endlich komme und ihren Köter abhole."

„Das macht gar nichts", tröstete ich, „du hast deine Sache ganz großartig gemacht ..."

„Naja, ein schlechtes Gewissen habe ich schon. Die schickt jetzt womöglich andere Leute weg, die sich wegen ihres Axel ... Ich werde sie anrufen. Und ihr sagen, dass mir mein

Hausherr das Halten eines Hundes verboten hat . . ."

„Sag lieber, deine Vermieterin hat dir verboten . . ."

„Das sieht dir wieder ähnlich . . ."

Wir waren ganz von selber in belangloses Geblödel verfallen – als uns plötzlich einfiel, dass die Situation, meine Situation, so etwas eigentlich nicht erlaubte.

Ich bezahlte und wir schlenderten zurück.

„Kannst du vom Büro aus versuchen, über deine Sekretärinnen-Connection etwas über den Mord am Drosen herauszufinden? Was da heute Nacht passiert ist, so viel wie möglich?"

„Ich kann es natürlich versuchen. Und was machst du?"

„Ich werde zur Erna Siepold fahren. Erstens muss ich versuchen mich abzusichern und zweitens kann sie mir vielleicht erzählen, wie der Siepold gestern in Drosens Villa gekommen ist."

„Und wenn dich der Drösinger wieder sucht? Was sag' ich dem?"

„Dass du mir ausgerichtet hast, dass er mich sucht. Und dass du mich leider nicht erreichen kannst, weil mein Autotelefon spinnt und ich das Handy im Büro vergessen habe."

„Und du glaubst, das nimmt er mir ab?"

„Keine Spur!"

XI.

Erna Siepold war natürlich wieder verheult, es bestand durchaus die Gefahr, dass ihr das für den Rest ihres Lebens zum Dauerzustand geriet.

Ich hatte mit sehr gemischten Gefühlen vor ihrer Tür gewartet, hatte mir nicht vorstellen können, wie sie auf mich reagieren würde - aber sie war sichtlich froh mich zu sehen.

Dass ich es war, der ihr den Floh mit dem nicht ganz so klaren Alibi ins Ohr gesetzt hatte, wegen dem die Sache um ihren Mann jetzt erst so richtig eskaliert war, schien ihr noch nicht aufgegangen zu sein.

Ich war immer noch der, der zwar vage, aber eben doch, versprochen hatte, ihrem Mann helfen zu können – daran klammerte sie sich.

„Ich kenn' mich schon überhaupt nicht mehr aus", jammerte sie, „ich hab' mich so gefreut, dass der Kurt gestern schon wieder herausgekommen ist, es war ja alles genau so, wie Sie es gesagt haben . . ."

O Gott! Wenn sie das dem Drösinger auch so erzählt hatte, konnte ich mich gleich eingraben lassen!

„. . . und jetzt so etwas! Mein Kurt ist doch kein Mörder!" – und heulte wieder los.

Ich reichte ihr ein Taschentuch, und sie beruhigte sich wieder etwas.

„Erzählen Sie mir doch alles, was gestern Abend passiert ist“, schlug ich vor, „einfach der Reihe nach ... Sie waren beim Hauptkommissar ...“

„Und der hat furchtbar mit mir geschimpft und so getan, als würde er mir nicht glauben. Aber er hat den Kurt gehen lassen müssen, es stimmt ja auch alles, was ich gesagt habe, nicht wahr?“

„Natürlich“, ich tätschelte ihren Arm, „natürlich! Wann ist denn Ihr Mann dann nach Hause gekommen?“

„Am Abend, ich hab' schon gedacht, er kommt erst heute ...“, wieder heulte sie auf, „wäre er doch erst heute gekommen ...“.

„War die Polizei heute bei Ihnen?“

„Ja, ganz in der Früh ... die wollten auch wissen, was gestern Abend los war, die haben mir aber nicht geglaubt, dass der Drosen selber meinen Kurt zu sich in die Villa bestellt hat ...“

„Was? Der Theo Drosen hat Ihren Mann zu sich in die Villa bestellt?“

„Aber ja! Der Kurt und ich wollten gerade schlafen gehen, da hat das Telefon geklingelt und der Drosen wollte mit dem Kurt reden. Hat ihm gesagt, er soll gleich hinauskommen in die Villa, er will die Sache aus der Welt haben ...“

„Um wie viel Uhr war das?"

„Muss nach zehn Uhr gewesen sein, vielleicht sogar schon halb elf . . ."

„Und um diese Zeit geht Ihr Mann noch weg?"

„Naja", sie lächelte schüchtern, „für ihn war das nichts Neues. Er ist öfter mal um die Zeit noch über die Kneipen gegangen, das war für ihn nichts Besonderes. Er hat", sie lächelte wirklich, „gesagt, wenn er ohnedies nicht schlafen kann, dann kann er auch gleich was Vernünftiges tun und dem alten Kadaver ein paar Pils spendieren . . . Aber gestern hatte ich schon ein mulmiges Gefühl. . . Angst hab' ich gehabt. Wirklich. Sie werden das nicht glauben . . ."

Ich versicherte ihr, dass ich ihr glaubte – und zermarterte mir den Kopf, wie der Theo Drosen so rasch erfahren hatte können, dass der Siepold wieder draußen war.

Drosen war mindestens bis neun Uhr in seinem Box-Center gewesen, dafür gab es einen höchst verlässlichen Zeugen, nämlich mich.

Knapp danach konnte er gegangen sein, viel war ja nicht mehr los. Und dann sollte er nach Hause gefahren sein, den Siepold angerufen haben, der erst am Abend, so spät, dass seine Frau nicht mehr mit ihm gerechnet hatte, aus der Untersuchungshaft gekommen war?

Ich konnte mir vorstellen, dass es der Kripo nicht leicht fiel, der guten Frau diese Geschichte zu glauben.

Ich beschloss aber, es unbedingt zu tun – schon aus Selbstschutz: Wann immer ich auf eine derartige Ungereimtheit stieß, musste ich mich darauf stürzen, denn Erna würde mir, das hatten mir ihre ersten Sätze bewiesen, in Sachen Alibi den Hals brechen, ohne das auch nur zu ahnen.

„Wie hat denn Ihr Mann auf diese unerwartete Situation reagiert? Ich meine, er verfolgt den Theo Drosen mit seinen Vorwürfen, war in U-Haft wegen der Schüsse, und dann lädt der ihn ein?"

„Naja, der Kurt", sinnierte sie, „was die Geschichte mit dem Werner und dem Drosen angeht, hat er ja nicht mehr vernünftig reagiert. Er hat sich schon gewundert, hat aber auf der anderen Seite gemeint, dass er es sich ansehen will. Vielleicht ..."

„Vielleicht ...", half ich nach.

„*Vielleicht*, hat er gesagt, *ist etwas gegen Drosen aufgetaucht. Vielleicht muss er jetzt zugeben, dass er Dreck am Stecken hat und will mich deshalb kaufen ...*"

„Hat er das wirklich geglaubt? Haben Sie das geglaubt?"

„Ich weiß nicht. Nein. Der Kurt hat nur laut

vor sich hin gedacht, wie er sich fertig gemacht hat. Der hat immer eine ganze Menge Ideen gehabt, seit das mit dem Werner war ... Das hat er sich halt so ausgemalt."

„Und das war um halb elf. Und das Nächste, was dann passiert ist, war die Kripo, die vor Ihrer Tür stand."

Sie druckste ein wenig herum, ich glaubte, ein *Nein* herauszuhören, dann druckste sie wieder ein wenig, und dann brach es aus ihr heraus: „Ich habe das Gewehr gefunden."

Ich war einen Augenblick völlig verwirrt. Theo Drosen war doch erschlagen worden, nicht erschossen, und dann wurde mir brandheiß.

„Sie haben ... was!!?", fuhr ich hoch.

„Das Gewehr gefunden", wiederholte sie, „wie der Kurt weg war."

Ich fiel schwer auf meinen Sessel zurück, hatte plötzlich riesige Schweißperlen auf der Stirn.

„Haben Sie das der Polizei erzählt?"

„Natürlich nicht", das kam fast entrüstet, „die haben meinem Kurt schon genug angetan!"

„Und wo haben Sie das Gewehr gefunden? Hat die Kripo denn die Wohnung nicht genau durchsucht?"

„Natürlich haben die die Wohnung durchsucht, haben sogar die ganze Bettwäsche auf den Boden geworfen. Aber da haben sie nichts gefunden, da war es sicher noch nicht da ..."

Ich passte, bat sie, der Reihe nach zu erzählen, was sie dann auch tat.

Als Kurt Siepold weg war, war sie zu Bett gegangen, und ihr war aufgefallen, dass die Bettwäsche im obersten Fach des Schlafzimmerschrankes schlampig hineingeschoben war.

Nun war sie es ein Leben lang gewohnt, dass derlei Dinge ordentlich aussahen, es ließ ihr keine Ruhe, sie stand auf und versuchte den Stapel zurechtzurücken, brachte ihn aber nicht in das Fach. „Als wär's plötzlich kleiner geworden. Oder als würde was hinten drinnen liegen."

Sie holte sich einen Sessel aus der Küche, ging der Sache auf den Grund – und hielt das Gewehr in der Hand.

„Und Sie sind sicher, dass die Polizei bei der ersten Durchsuchung ..."

„Es hat ja nur die eine gegeben!"

„... bei der Durchsuchung nach der ersten Verhaftung in dieses Fach geschaut hat?"

„Sag' ich doch: Die haben die ganze Wäsche auf den Boden geworfen, ein Beamter ist oben gestanden und hat alles einfach herausgeschmissen ..."

Dann hatte also doch der alte Siepold geschossen, und das Gewehr irgendwo versteckt gehalten. Und dieser Idiot hatte in den zwei Stunden seiner Freiheit nichts Besseres zu tun, als es aus einem offensichtlich sicheren Versteck zu sich nach Hause zu holen.

Ich fasste es nicht. So ein verdammter Idiot!

„Können Sie . . .“, ich musste noch einmal beginnen, irgendwo zwischen Kehlkopf und Lippen versickerte meine Stimme, „können Sie es holen? Kann ich es mir ansehen?“

„Aber natürlich . . .“

Mir wurde wirklich schlecht, ich fühlte von der Magengrube aus den elektrischen Stuhl, die Guillotine und, was weiß ich was noch alles, auf mich zukommen.

Und Drösinger natürlich, den HERRN Hauptkommissar der hiesigen Kripo.

Sie kam mit dem Gewehr, ich nahm es ihr aus der Hand, und wusste, dass ich die Waffe in der Hand hielt, mit der auf Theo Drosen geschossen worden war. Sie war auch noch geladen, es erstaunte mich fast, dass sie gesichert war.

„Hat Ihr Mann auch noch die Patronen, oder . . .“

„Da hab' ich gar nicht nachgesehen, warten Sie . . .“, sagte sie und verschwand gleich wieder.

Ich setzte mich wieder und überlegte, was in

Siepold wohl vorgegangen sein mochte: Da wird er von der Polizei laufen gelassen, dann ruft ihn der Mensch an, auf den er geschossen hat – und er geht ohne dieses Gewehr mitten in der Nacht zu einem mehr als zweifelhaften Rendezvous ... Ich wurde nicht klug daraus.

„Nichts“, kam Erna Siepold zurück, „ich hab' überall nachgesehen.“

„Wo waren Sie denn, als Ihr Mann ging ... gestern Abend?“

„Na, bei ihm! Die ganze Zeit bei ihm, ich wollte es ihm ja ausreden! Dass er da hingeht ...“

Konnte es sein, dass er das Gewehr dagelassen hatte, weil er es nicht neben seiner Frau mitnehmen wollte oder konnte? Er hatte es ja offenbar auch heimlich gekauft, also war das schon denkbar. Er hatte sich wohl vorstellen können, dass sie ihn überhaupt nicht aus dem Haus lassen würde, wenn er das mit einem Schießprügel unterm Arm versuchte.

Ich konnte mir keinen anderen Grund vorstellen.

„Und ... hat die Polizei denn die Wohnung heute nicht mehr durchsucht?“

„Nein. Sie haben mir nur ein paar Fragen gestellt und sind wieder gegangen.“

Typisch. Sie hatten einen Täter, hatten einen verhaftet – und damit hatten sie alles, was sie brauchten.

Ob's der dann auch tatsächlich war oder ob sich später ein Staatsanwalt vor Gericht halb erschlug, weil mangels Ermittlung keine Beweise zur Verfügung standen, war ihnen egal.

Typisch.

Aber was half mir das jetzt?

„Können Sie es nicht mitnehmen?"

„Was?", schreckte ich aus meinen Gedanken.

„Können Sie es nicht mitnehmen ... dieses ... Ding da? Ich will es nicht im Haus haben, und vielleicht kommen Ihre Kollegen ja doch noch einmal zurück ..."

Ich musste jetzt doch lächeln – das Frauchen lernte schnell, dachte gar nicht unraffiniert.

Und ich würde ihr den Gefallen tun und das kompromittierende Instrument mitnehmen – auch wenn jetzt auch sie Polizisten als meine Kollegen bezeichnet hatte. Und auch wenn ich mich dadurch noch tiefer in Schwierigkeiten reiten konnte.

Andererseits: Ich war ohnehin schon in Teufels Küche. Was konnte denn noch passieren?

XII.

Unterwegs zu Drosens Villa informierte mich Lena, was sie inzwischen erfahren hatte.

Demnach hatte Kurt Siepold so gegen halb

eins aus Drosens Villa die Polizei verständigt, dass Theo Drosen erschlagen in seinem Wohnzimmer liege. Fünfzehn Minuten später sei eine Funkstreife dort gewesen, eine weitere halbe Stunde später Drösinger, und wieder zehn Minuten später war Kurt Siepold als mutmaßlicher Täter verhaftet.

„Sonst nichts?"

„Was erwartest du denn? Christa konnte mir doch nur in die Unterlagen des Bereitschaftsdienstes schauen. Das hier ist der Ablauf, wann die Anrufe kamen, wann ausgerückt und verhaftet wurde. Und wer. Das Skelett, sozusagen. Alles weitere dauert ... auch bei der Polizei ..."

„... und wenn wir noch so viel Steuern bezahlen."

„Wie war es bei Erna?"

„Gemischt. Ich fahr' jetzt zu Drosens. Was Neues vom Drösinger?"

„Oja, und wie: Wenn du bis fünf Uhr nicht bei ihm antanzt, lässt er nach dir fahnden."

„Will er meinen Kopf oder nur eine Aussage? Wie hat's geklungen?"

„Nach beidem. Erst den Kopf, dann die Aussage."

„Na dann ... ich melde mich, behalte mich in guter Erinnerung, falls wir uns nicht mehr sehen. Ich liebe dich ..."

Ihr Lachen klang gut, ihr „vergiss es!" weit weniger.

Durch die Eingangstür von Drosens Villa drang lautes Geschrei, ich bemühte mich etwas mitzubekommen, allerdings vergeblich.

Ich hörte nur, dass offensichtlich gestritten wurde, konnte aber nichts Näheres ausmachen.

Also läutete ich – und schlagartig verstummte der Lärm.

Ich läutete noch einmal, und Hannelore Drosen riss die Tür auf . . . im Bikini!

Nun hatte ich alles erwartet, aber nicht diese Art von Trauerkleidung.

Sie hatte wohl auch alles erwartet, nur nicht mich.

„Sie . . .?", dehnte sie, äußerst beleidigend, „dass Sie sich noch einmal hier blicken lassen, ist ein starkes Stück."

„Aber wieso denn? Ich wurde ja nicht als Leibwächter engagiert, sondern sollte klären, wer auf Ihren Mann geschossen hatte . . ."

„Na gut", meinte sie, „das hat sich jetzt erledigt, also auf Wiedersehen . . ."

Sie wollte mir die Tür vor der Nase zuknallen, da hatte sie aber nicht mit der Reaktionsschnelligkeit meines linken Fußes gerechnet: Er stand schon, wo er in solchen Situationen hingehört.

„Verschwinden Sie oder ich rufe die Polizei!"

„Verstehen Sie denn nicht, dass ich ein ureigenstes Interesse daran habe zu erfahren, wer meinen Auftraggeber umbringt? Sie werden mit mir sprechen müssen ..."

„Meine Tochter muss überhaupt nichts!", hörte ich die bekannte Stimme Peter Barschels – jetzt wusste ich wenigstens, mit wem die, übrigens in ihrer Aufmachung sehr gut aussehende, Wirtswitwe so auf Mord und Brand gestritten hatte.

„Ah, guten Tag Herr Barschel ... Sie waren das letzte Mal aber wesentlich freundlicher zu mir ..."

Hannelore Drosen fuhr zurück: „Du kennst diesen Typ?"

Barschel überlegte sichtlich eine Ausflucht, also fuhr ich sofort rüde dazwischen: „Natürlich! Er hat mir stundenlang sein Leid geklagt. Was Ihr Verblichener für ein Versager war, und wie blöd Sie sein müssten, dass Sie immer wieder auf solche Typen hereinfielen ..."

Sie kreischte auf, hätte sich um ein Haar auf ihren Vater gestürzt.

Ich gestehe, dass ich das böse Spielchen genoss, auch wenn ich im Nachhinein natürlich zugebe, dass es nicht ganz astrein war. Andererseits hatte ich es mir aber auch nicht verdient, von den beiden so behandelt zu werden.

Als Peter Barschel daher behauptete, ich

würde schamlos lügen, es sei alles nicht wahr, er hätte mir „gar nichts, aber schon überhaupt nichts" erzählt, erinnerte ich mit meinem süffisantesten Grinsen an den Heiratsschwindler, dessen fünfte Verlobte seine Hannelore gewesen sei, und fragte, von wem ich das denn sonst haben könnte. „Oder der Abschaum ... seine Worte, Frau Drosen ... schon in der Pubertät, der bewaffnete Bankräuber ... von wem hätte ich denn ..."

Der Rest ging in heillosem Gekreische unter – und jetzt fiel sie wirklich über ihn her, ging mit allen zehn Krallen auf seine Augen los.

Irgendwann wurde ihnen klar, dass ich in der Tür stand und ihre Balgerei beobachtete, sie kamen wieder zu sich, und Peter Barschel empfahl mir mit einer Ernsthaftigkeit, wie ich sie selten im Leben verspürt habe, zu verschwinden. Er würde sonst seinen Revolver holen und mich erschießen, „auf der Stelle."

Tja, was sollte ich dort noch?

Ich ging also, schon weil ich nicht daran zweifelte, dass er zumindest versuchen würde, seine Drohung wahr zu machen. Und dass ein Wirt eine Waffe besaß – daran zweifelte ich keinen Augenblick.

Ich ging die Einfahrt hinunter, wollte zu meinem Wagen und sah eine Kawasaki am Straßenrand, mit einem Helm, der mir sehr bekannt vorkam. Ich überlegte nicht lange, ging an der Einfassung des Grundstücks entlang und schwang mich an geeigneter Stelle darüber.

Ich pries die Kunst des Drosen'schen Parkkünstlers und schlich mich in bester Deckung bis an den Rand des Pools – gegenüber kamen gerade Klaus Wöpper, Hannelore Drosen und Peter Barschel aus dem Haus, Wöpper und die lustige Witwe in überaus vertrauter Umklammerung, der alte Barschel schimpfend wie ein Rohrspatz.

Leider hatte der Pool eine automatische Reinigungsanlage, und ich hatte das Pech, direkt neben einem Ansaugstutzen versteckt zu sein – ich konnte kein Wort verstehen.

Was ich sah, war aber deutlich genug:

Peter Barschel schrie auf die beiden ein, die lachten ihn von Herzen aus und inszenierten vor seinen entrüsteten Augen die laszive Version eines Spiels von der großen Liebe. Hannelore bediente sich und ihren Schönling aus dem Mixer, den ich von meinem Besuch her kannte. Als ihr Vater ihn ihr entreißen wollte, warf sie ihn in hohem Bogen in den Pool.

Und dazu lachten wieder beide – unverhältnismäßig, wie mir schien, so witzig war die Szene gar nicht.

Barschel stürzte sich auf Wöpper, ein Cocktailglas ging zu Bruch, Hannelore stürzte sich auf ihren Vater – und Wöpper scheuerte ihm eine, dass er flach lag.

Mir schien, der alte Mann weinte, das saubere Pärchen übergoss den am Boden Liegenden mit Cocktail, lachte dazu womöglich noch heftiger, grinste sich siegessicher an und verschwand im Haus. Vergaß auch nicht, die Tür zum Pool zu verschließen.

Und Peter Barschel, der alte Mann, heulte jetzt tatsächlich, es schüttelte ihn nur so.

XIII.

Im Büro erstatte ich Lena detaillierten Bericht, anschließend gestanden wir einander, dass wir beide nicht weiterwussten.

Die ganze Geschichte hatte sich tot gelaufen, und wir überlegten ernsthaft – und beschämend für *Stein's Büro*, das damit wirbt, alle Fälle gelöst zu haben! –, ob wir die ganze Sache nicht einfach auf sich beruhen lassen konnten. Uns zurückziehen von dem Fall, ich würde bei Drösinger zu Kreuze kriechen und mich seiner Gnade anvertrauen. Und wir würden Theo Drosen und seine eigentlich ohnehin nur persönlichen Schwierigkeiten vergessen.

Irgendwann packte uns aber doch, ein letztes

Mal, wie wir einander versicherten, der Ehrgeiz, es noch einmal zu versuchen.

Lena hatte während der ganzen Zeit Drösinger viermal abgewimmelt, vielleicht war es dessen Unermüdlichkeit, die den Ausschlag gab: Es konnte zu leicht sein, dass der Hauptkommissar sich nicht damit zufrieden geben würde, wenn ich ihm versicherte, ich hätte den Akt geschlossen. Es konnte durchaus sein, dass er trotzdem hinter mir her sein würde – und noch viel mehr, wenn sich die tatsächliche Schuld des Kurt Siepold herausstellte.

„Glaubst du denn jetzt, dass er's war?", fragte mich Lena, und als ich verneinte, stellte sie trocken fest, dass wir dann ja gar nicht aufgeben könnten.

„Der kommt nie wieder raus, wenn du nicht den wirklichen Täter erwischst, das ist amtlich", fügte sie noch hinzu.

Und wieder läutete das Telefon, und wieder war es Drösinger, und wieder verleugnete mich Lena.

Dann griff sie sich in bekannter Manier einen Zettel aus dem FAX-Gerät, setzte sich und forderte mich auf, alles aufzulisten, was wir hätten.

Viel war's nicht, und das stellte sie auch sogleich fest: „In diesem Fall gibt es fast kein Personal, und einer von diesen wenigen muss es gewesen sein ..."

„In unseren Fällen gibt es zum Glück meist nur wenig Personal ... Zum Glück, denn wir sind ja auch nicht besonders viele ..."

Sie schmunzelte und ging ihre Aufstellung durch: „Hannelore Drosen und ihr Liebhaber. Waren Sie es? Einzeln oder zu zweit?"

„Weiß ich nicht. Motiv hätten sie ..."

„Weißt du nicht. Peter Barschel? Aus Wut darüber, dass Theo Drosen sein Geschäft ruinierte?"

„Auch möglich. Weiß ich nicht."

„Weißt du also auch nicht ..."

„Kannst du diesen Kommentar bitte jeweils weglassen? Vielleicht war's der Drösinger selber, um mir eins auszuwischen ..."

„Hör auf. Dein Kurt Siepold ... und wenn er's doch war?"

„Dann sitze ich ... Das hatten wir schon. Das war's, was?"

„Die Astrid Lehmann ..."

„Die Schüsse: Ja. Aber da vergisst du, dass wir das geklärt haben, das war der Kurt Siepold. Aber dann den Theo Drosen ermordet? *Erschlagen?* Kannst du dir das vorstellen?"

„Nein. Kann ich nicht. Aber auf der Liste bleibt sie. *Trial & error*, kennst du ja."

„Und dann", fiel mir ein, „gibt's immer noch die Möglichkeit, dass es einer war, den wir gar nicht kennen, von dem noch nie die Rede war –

doch einer aus Drosens dubiosen Boxgeschäften ..."

„Wie groß ist die Wahrscheinlichkeit, nach allem, was du erzählt hast?"

„Nicht groß. Aber immerhin haben wir dieselbe Todesursache. *Erschlagen* – das ist nicht so häufig. Irgendwelche Theoretiker würden von einem *Muster* sprechen, und ..."

„Ein Strohhalm ..."

„... besser als nichts."

„Viel besser?"

„Nicht viel."

Wir schwiegen uns an, ich nahm ihre Liste, starrte auf die Namen, strich Astrid Lehmann und Kurt Siepold – letzteren nur, weil ich mir die Illusion aufrecht erhalten musste, dass er unschuldig war. Auch wenn alles gegen ihn sprach – das war es, was ich mir wünschte.

Auch wegen der alten Erna. Ihr wünschte ich es auch.

„Ich ruf' jetzt den Drösinger an", brach ich schließlich das Schweigen mit einem heroischen Entschluss.

„Du rufst ihn nur an? Du gehst nicht zu ihm?"

„Ich ruf' ihn an ..."

„Feigling."

„Besser fünf Minuten feig als ein ganzes Leben tot."

Ich wählte seine direkte Durchwahl, er meldete sich, ich meldete mich auch – und er tobte los, dass es eine helle Freude war.

Ich schaltete, das konnte ich Lena, nach allem, was sie für mich heute zusammengelogen hatte, doch nicht vorenthalten, die Raumsprechanlage ein, und wir hörten zu, wie der Herr Hauptkommissar abging.

Viel war da die Rede von Beweisunterschlagung, Behinderung der Polizeiarbeit, Anstiften zu falschen Zeugenaussagen, das wichtigste und häufigst genannte Vokabel aber war *Lizenzentzug*.

Irgendwann ging ihm die Luft aus, irgendwann bemerkte er, dass nur er sprach, irgendwann fragte er: „Stein, sind Sie noch da?"

„Natürlich bin ich noch da", gab ich zu, „sind Sie jetzt fertig? Darf ich jetzt auch einmal etwas sagen?"

„Ich wüsste nicht, was Sie noch zu sagen haben sollten . . ."

„Und ich wäre nicht so stolz darauf, einen Unschuldigen als Mörder eingesperrt zu haben."

Danach blieb es nach den vergangenen Ausbrüchen beinahe unwirklich lange still. Ich konnte ihn vor mir sehen, wie es in ihm arbeitete. Wie er krampfhaft zu entscheiden versuchte, ob er seine Bombardierung von *Stein's*

Büro fortsetzen oder sich doch anhören sollte, was ich zu sagen hatte.

Und ich hoffte inbrünstig, dass er möglichst lange darüber nachdenken würde – hatte ich doch keine Ahnung, womit ich ihn aufhalten, gegebenenfalls bei Interesse halten konnte.

„Also gut“, kam er nach viel zu kurzer, leider nur objektiv langer Pause wieder über die Leitung. „Sprechen Sie!“

„Nicht so hastig! Zuerst überlegen Sie einmal selber! Wie war das gestern Nacht – der Kurt Siepold selber hat Sie angerufen . . .“

„Treiben Sie jetzt wieder eines Ihrer Spielchen? Stein, ich warne Sie . . .“

„Das haben Sie doch schon, und deutlich genug, und ich habe die Warnung verstanden . . . diesmal . . .“

Wieder eine lange Pause, aber schließlich kam ein zögerliches *Ja, der Kurt Siepold hätte die Polizei angerufen.*

„Und er hat Ihnen erzählt, dass ihn der Theo Drosen selber in die Villa bestellt hatte . . .“

„Richtig.“

„Das wird Ihnen seine Frau bestätigen, das ist keine Lüge . . .“

„Was die als Zeugin wert ist, werden Sie noch am eigenen Leib erfahren, Sie . . .“

O Gott, jetzt baute er sich wieder auf, genau das hatte ich verhindern wollen!

„Drösinger! Drösinger! Herr Hauptkommissar der hiesigen Kripo! Hören Sie doch zu! Als Kurt Siepold zur Villa kam, war der Theo Drosen nach seinen Angaben doch schon tot, oder?“

„Nach seinen Angaben, ja . . .“

„Aber Sie kennen doch genau den Ablauf des Abends, und Sie kennen doch sicher den genauen Zeitpunkt des Todes von Drosen.“

„Sie wissen ganz genau, dass das nicht auf die Sekunde genau . . .“

Und da war sie. Die Eingebung. Die Rettung. Das Jahrhundertereignis, das mir – zunächst, hoffentlich lange genug – den Kopf aus der Schlinge ziehen würde. Ich sag's ja immer: Man muss nur Geduld haben.

„Aber selbstverständlich kann man das. Selbstverständlich kann man den Eintritt des Todes auf die Minute genau feststellen . . .“

„Stein, Sie sind ein Idiot. Nicht, wenn man nicht genau weiß, wann das Opfer zuletzt gegessen hat. Wenn man das nicht ebenfalls auf die Minute genau weiß. Und woher sollen wir . . .“

„Das Opfer“, spielte ich den Trumpf aus, der mir so unverhofft in den Schoß gefallen war, „aß eine Curry-Wurst mit Kartoffelsalat plus einem Bier genau zwischen 20 Uhr 23 und 20 Uhr 27 . . .“, und ich dankte Klaus Wöpper, dass der seine Uhr in der Garderobe gehabt hatte, als wir beide Theo Drosen nachsahen, als der mampfend zum Ring zurückging.

Am anderen Ende der Leitung raschelte es, ich sah deutlich, wie Drösinger nach dem Autopsiebericht kramte.

„Currywurst und ... Verdammt, Stein, woher wussten Sie das?“

„Ich war dabei. Zeugen sind Klaus Wöpper und der Typ hinter der Ausschank in Theo Drosens Box-Center. Und noch ein paar Hoffnungsträger des deutschen Boxsports, die ich nicht namentlich kenne, die Sie aber ganz sicher aufspüren können.“

„Verdammt, Stein ...“

„Sie sollen mich nicht verdammen, Sie sollen mir danken. Sie wissen jetzt auf die Sekunde genau, wann das Opfer zuletzt gegessen hat, sagen Sie das Ihrem Medizinmann ...“, Lena sieht wunderschön aus, wenn sie so siegessicher feixt!, „... und kommen Sie dahinter, wer von der Entlassung Kurt Siepolds gewusst hat. Denn er wurde ganz sicher in die Villa gerufen – aber ganz bestimmt nicht von Theo Drosen. Der wusste nämlich nicht, dass der Siepold entlassen worden ist. Das ganze war eine Falle ...“

„Stein, Sie ...“

„... und dann ist er auch noch erschlagen

worden. Erschlagen, also totgeprügelt wie Kappbach-Althoff. Klingelt da nicht etwas bei Ihnen? Das ist eine Parallele ..."

„Das ist aber auch die einzige Parallele zwischen diesen beiden ..."

„Und die Hände im schmutzigsten Geschäft der Welt? Alle beide? Ist das nichts?"

„Ich sage Ihnen, dass die beiden Fälle nichts miteinander zu tun haben ... und dass Sie aus beiden Ihre Finger lassen sollten."

„Aber Sie selbst haben mir doch den Drosen-Fall ..."

„Ja", unterbrach er mich, „und das tut mir auch aufrichtig Leid."

„Wie weit sind Sie denn im Kappbach-Fall?", wollte ich ihn in andere Bahnen lenken, „wie wir wissen, muss Sie ja im Gegensatz zu mir der Mörder interessieren."

„Darum kümmert sich der Martens. Wettschieberei natürlich, ganz klare Sache."

„Tja, die Unterwelt", seufzte ich, „wenn alles immer so einfach wäre. Also", holte ich zur siegreichen Beendigung des Gesprächs aus, „wenn Sie sich nicht blamieren wollen, finden Sie heraus, wer Siepold in die Drosen-Villa gelockt hat, wer von seiner Entlassung wusste, und ..."

„Stein ... wenn Sie ... Ihre Impertinenz ..."

„Ist schon recht, Herr Hauptkommissar.

Danken Sie mir nicht. Zahlen Sie einfach bei nächster Gelegenheit ein paar Runden mehr. Oder tun Sie mir auch einmal einen Gefallen ..."

„In dieser Sache ist das letzte Wort noch nicht gesprochen", versuchte er sich zu einem einigermaßen passablen Abgang zu verhelfen, „noch lange nicht!"

Und damit legte er auf und Lena fiel mir um den Hals – als wär's das schon gewesen.

„Nicht so hastig", schob ich sie von mir – ich hätte nie gedacht, dass ich einmal so dumm sein würde, „du hast leider Recht: Der Fall ist erst ausgestanden, wenn wir den wirklichen Täter haben. Dass wir den Drösinger zunächst einmal los sind, ist fein, aber noch nicht die Lösung. Also ... an die Arbeit!"

„Und worin besteht die?"

„Keine Ahnung. Also machen wir es wie die Polizei, wenn die keine Ahnung hat: Wir nehmen einen Verdächtigen an, beschatten den rund um die Uhr und warten ab. Wenn er es war, haben wir ihn, und wenn er es nicht war, schließen wir den Akt."

Es war mir klar, dass eine derartige Vorgangsweise die Bankrotterklärung einer ernsthaften Detektei darstellte. Aber was sollte ich wirklich machen? Ich konnte immer noch hoffen, dass nie jemand davon erfahren würde ...

„Und wie lange soll das dauern?“

„Wie lange reicht Theo Drosens Vorschuss, der ja wohl das ganze Honorar in diesem Fall bleiben wird?“

„Zwei Tage“, rechnete Lena hurtig, „nach unserem Standard-Tagessatz.“

„Also geben wir uns noch 48 Stunden.“

Dass es dann wesentlich schneller ging, konnte ich nicht ahnen. Ich hatte aber absolut nichts dagegen.

XIV.

Wahrscheinlich war es die Bedeutung der Currywurst, gepaart mit der Erinnerung an das erstaunlich gepflegte Bier, warum es mich ins Box-Center trieb.

Lena hatte mir den -zig millionsten Korb gegeben, und ich musste mich sehr beherrschen, nicht sie zu beschatten, um dahinter zu kommen, wer oder was dieses „ich hab' schon was vor“ war.

Aber so tief war ich doch noch nicht gesunken, und ich schwor mir, auch zum -zig millionsten Mal, dass ich nie *so* tief sinken würde.

Ich trieb also relativ ziellos in der Stadt umher, und fand mich schließlich in der Sackgasse vor dem Center wieder.

Sie war völlig ausgestorben, die Leuchtreklame über dem Abgang in den Keller war dunkel.

Innen brannte aber Licht, nicht in dem Ausmaß, wie ich es kannte, aber immerhin.

Ich schlich mich vorsichtig hinunter – die Rezeption kannte ich nur leer, die Halle war verlassen, irgendwo im Hintergrund hörte ich jemanden herumkramen.

Hätte ich meine Smith & Wesson nicht wie üblich im Handschuhfach vergessen, hätte ich sie jetzt gewiss „vorsichtshalber" im Halfter gelockert. Ich musste bei der Vorstellung grinsen, grinste aber auch aus Stolz, dass ich mich beherrschen konnte und nicht „Hallo! Ist da jemand?" rief.

Vielmehr schlich ich mich leise durch die Halle und bezog hinter der Theke Posten.

Ich musste nicht lange warten, bis jemand aus den hinteren Räumen – wohl den Garderoben – kam – Klaus Wöpper.

„Sieh da, sieh da, wen haben wir denn da?", begrüßte ich ihn. Er zuckte zusammen, war aber sichtlich erleichtert, dass es nur ich war.

„Ach, Sie sind das. . ."

„Wen haben Sie denn erwartet?"

„Niemanden, natürlich."

„Macht heute einen ausgestorbenen Eindruck . . ."

„Tja ...", seufzte er kryptisch.

Ich versuchte den Zapfhahn, gutes Bierchen rauschte heraus, ich griff mir ein Glas.

„Ist wohl Selbstbedienung, heute. Wollen Sie auch eines? Sie sind heute ja wohl kaum im Training ..."

Er sagte ja, und ich schenkte uns fachmännisch ein.

„Das ist aber schnell gegangen, mit dem Zusperren", meinte ich nach dem ersten Schluck.

„Tja ...", sagte er wieder, und ich fürchtete schon, so würden alle seine Beiträge zu unserer Unterhaltung sein, als er fortsetzte: „Ja, es ist Schluss mit dem Center. Ich war's, der alle wieder weggeschickt hat, die Ha ... die Frau Drosen hat mich darum gebeten."

„Die *Ha ... die Frau Drosen*", äffte ich ihn nach, „wen glauben Sie denn noch im Unklaren zu lassen, wie es zwischen Ihnen und der *Ha ... der Frau Drosen* bestellt ist?"

Er sah mich nachdenklich an.

„Sie sind ganz schön frech", bemerkte er dann, „was geht Sie das alles überhaupt noch an?"

„Mein Auftraggeber ist ermordet worden. So etwas geht einen Privatdetektiv immer etwas an. Wenn sich so etwas herumspricht, traut sich bald niemand mehr in mein Büro ..."

„Aber der Mörder sitzt doch schon ..."

„Wenn er es war. Aber Sie selber haben doch Zweifel gehabt, ob er das überhaupt mit den Schüssen war, wenn ich mich richtig erinnere. Und jetzt haben Sie plötzlich keine Zweifel mehr, dass er den Theo Drosen *erschlagen* haben soll?"

Er hatte sichtlich keine Ahnung, wovon ich sprach, dass er den Kurt Siepold einmal für unschuldig gehalten hatte – aber ich konnte mich genau erinnern. Auch wenn das überhaupt nichts zu bedeuten hatte.

Um die unangenehme Pause zu überbrücken, tranken wir beide.

„Und die *Ha . . . die Frau Drosen*", provozierte ich ihn weiter, „ist das jetzt die goldene Gans, bei der Sie sich zur Ruhe setzen wollen?"

„Das geht Sie überhaupt nichts an", fuhr er auf mich los, „überhaupt verbiete ich es mir, wie Sie mit mir sprechen."

„Immerhin . . . so weit sind wir schon, dass Sie es zumindest nicht abstreiten . . . Was passiert denn jetzt mit diesem Center?"

„Da gibt es schon lange einen Interessenten, für das ganze Areal hier. Sie kennen doch diese Stadt, überall, wo es alte Gemäuer gibt, gibt es auch Interessenten . . ."

Das stimmte. Da hatte er ja nun wirklich Recht. Leider.

„Mich wundert es nur trotzdem, dass Sie . . .

und die lustige Witwe ... es so eilig haben. Haben Sie denn keine Angst, dass das auch die Kripo stutzig macht?"

„Wir müssen vor nichts Angst haben. Wir wissen, dass wir es nicht waren, dass uns da ein Zufall zu Hilfe gekommen ist ..."

„So ein Zufall!"

„Genau. Wir waren gestern zusammen, also können wir einander vertrauen."

„Das wird die Polizei aber tief beeindrucken, dass ihr euch gegenseitig ein Alibi gebt. Noch ein Bierchen?"

Diesmal lehnte er ab, ich genehmigte mir aber noch eines.

Er beobachtete mich stumm, dann nahm er seine Tasche auf. „Ich muss jetzt gehen", meinte er, „wenn Sie sich auch entschließen könnten ... Ich will absperren."

„Nicht so hastig", bremste ich ihn ein, „ich will mich schon noch ein wenig mit Ihnen unterhalten."

„Ich aber nicht mit ..."

„Was sagt eigentlich der Vater von *Ha ... von Frau Drosen* zum Nachfolger seines heiß geliebten Schwiegersohns?"

Er erstarrte mitten in der Bewegung: „Was soll er dazu sagen? Das geht den alten Trottel überhaupt nichts an!"

„Tja ...", meinte diesmal ich, „das kommt

ganz auf den Gesichtspunkt an. Wenn ihr zwei Turteltäubchen dieses Center so schnell versilbern wollt, dass Normalsterblichen der Atem stockt, kann ich mir vorstellen, dass ihn das kalt lässt. Wenn ich mir aber weiter vorstelle, wie viel Geld aus seinem Restaurant hier herinnen steckt, dann schon wieder weniger ..."

„Das ist nicht sein Lokal", fuhr er auf, „das gehört der Hannelore, das geht ihn überhaupt nichts mehr an!"

„... und wenn ich mir vorstelle", fuhr ich ungerührt fort, „wie sehr er immer noch an seinem Restaurant, an seinem Lebenswerk hängt, und was er von Ihnen hält, dann sehe ich eigentlich doch erhebliche Komplikationen auf Sie zukommen. Und auf Ihre Hannelore, verwitwete Drosen."

„Den alten Trottel geht das alles nichts mehr an", wiederholte er, und ich beschloss noch ein Schäufchen nachzulegen.

„Es wird nicht immer damit getan sein, ihm eine zu scheuern, ihn mit seinem eigenen Cocktail anzuschütten und ihn dann aus dem Haus zu sperren ... Wem gehört denn eigentlich die Villa?"

„Ihm", entfuhr es ihm verdutzt. „Woher wissen Sie das mit ... Sie verdammter Schnüffler!"

„Das geht mich ja im Grunde wirklich nichts an, da haben Sie Recht. Ich will Sie ja nur warnen ... dass es nicht so einfach weitergehen muss, wie es bisher gelaufen ist. Dass es nicht so viele hilfreiche Zufälle gibt, wie jetzt den passenden Todesfall zum passenden Zeitpunkt. Und für mich steht völlig fest, dass es der Kurt Siepold nicht gewesen ist. Gar nicht gewesen sein kann."

„Die Hannelore und ich aber auch nicht ..."

„Behaupten Sie."

Danach schwiegen wir wieder, und ich sah mit Vergnügen, wie er immer nervöser wurde, wie es in ihm arbeitete, wie er sich das Gehirn zermarterte, wie er mich loswerden konnte.

Also ließ ich mir Zeit, zapfte mir noch ein Gläschen, steckte mir eine Zigarette an und ließ ihn schmoren.

„Ich muss jetzt wirklich ...", begann er ziemlich kleinlaut.

„Nur noch dieses Schlückchen, dann können wir."

„Woher wissen Sie, dass ich ihn ... dass ich ihn geschlagen habe?"

„Das ist interessant, dass Sie das doch noch fragen. Das war ja nun wirklich ein unwahrscheinlicher Zufall, dass mir das ein Vögelchen gesungen hat ..."

Und damit ließ ich ihn wieder allein – sollte er sich ruhig den Kopf zerbrechen ...

Er trippelte von einem Bein auf das andere,

mir fiel mittlerweile auch nichts mehr ein, womit ich ihn noch aus der Reserve locken konnte ... Aber ich war sicher, dass ich meinen Mann hatte.

Dieser Hochstapler war es, den ich, wie mit Lena vereinbart, beschatten würde, der war es, den ich nicht aus den Augen lassen würde. Er und seine Ha ... und so weiter hatten das überzeugendste Motiv.

Außerdem würde ich morgen Drösinger einen Tipp geben: Wenn der Typ ein professioneller Heiratsschwindler war, gab es über ihn wahrscheinlich schon einen Akt. Konnte vielleicht zusätzlich noch etwas zum Vorschein kommen, was ihn nervös machte.

An das Alibi, von dem er für sich und die frischgebackene Witwe gesprochen hatte, verschwendete ich nicht einmal den Bruchteil eines Gedankens.

XV.

Wir verließen den Boxkeller gemeinsam, er schloss ab.

Ich sah sein Motorrad neben Müllcontainern auf der gegenüberliegenden Straßenseite stehen, deshalb war es mir also nicht aufgefallen.

Und ich dachte mir, dass ich diesem zwar widerlichen, aber viel zu weichen Schönling niemals zugetraut hätte, so brutal zu Werke zu gehen. Die klassischen Opfer solcher Typen sind Frauen, nicht gestandene, ausgewachsene Männer wie Theo Drosen.

Aber so ist es nun einmal im Leben, und in meinem Berufsleben wahrscheinlich öfters als im landläufigen Durchschnitt: Man darf nie nach dem äußeren Schein gehen, was zählt, sind ausschließlich nachweisbare Ergebnisse.

Ich hatte diese sicheren Beweise noch nicht, natürlich nicht, dennoch ging mir durch den Kopf, dass es in diesem Fall nicht nur einen Toten, sondern eigentlich viel zu viele Opfer gegeben hatte.

Der alte Peter Barschel, dessen Lebenswerk ruiniert war, und der für den Rest seines Lebens mit Spott und Hohn überhäuft werden würde, zumindest so lange, so lange es zwischen seiner Tochter und diesem Windhund vor mir funkte.

Das hieß natürlich, wenn ich doch irrte. Wenn der nämlich wider Erwarten nicht für den Rest seines Lebens hinter Gitter wanderte.

Aber selbst wenn ich irrte, und der Klaus Wöpper heraußen blieb, war ich damit schon beim nächsten Opfer, nämlich Hannelore Drosen – denn es würde, so viel Menschenkenntnis traute ich mir zu, nicht sehr lange gut gehen mit ihr und ihrem Lover. Klaus Wöpper würde seine Zeit und ihr Geld nicht wie Drosen mit einem Traum verbringen, der einem zwar erheblich auf die Nerven gehen konnte, aber wenigstens nicht eifersüchtig machte, Klaus Wöpper würde früher oder später, eher früher, seiner Berufung nicht ausweichen können und sich neues Wild suchen.

Und wenn, dachte ich sarkastisch an die Worte ihres Vaters, es nicht dieser Klaus Wöpper ist, fällt sie bestimmt auf einen anderen herein, auf ein gleiches Kaliber.

Kurt Siepold und seiner Erna konnte niemamd mehr ihren Sohn zurückgeben, dem es schlecht bekommen hatte, sich in seinem Traum vom Traum eines anderen beeinflussen zu lassen.

Und Astrid Lehmann ... Zu Astrid Lehmann fiel mir in meiner Opfer-Darstellung nichts ein ... Halt! Doch! Sie war Lenas Opfer, und wartete jetzt zu Hause, bis die ihren Axel abholen kam ...

Das Aufheulen eines Motors riss mich aus meinen Gedanken, ich war bei meinem Wagen stehen geblieben, hatte Klaus Wöpper beobachtet, wie er die Straße überquerte, ohne ihn richtig zu sehen.

Wöpper erstarrte, sah dem aus der Dunkelheit der Sackgasse heraus auf ihn zuschießenden Wagen wie gelähmt entgegen, sprang erst im letzten Augenblick, und viel zu spät, zur Seite.

Er wurde in die Luft gewirbelt, ich hörte ein grässliches Knacken, dann fiel er wie ein Stein zu Boden.

Ich wollte auf ihn zulaufen, ihm helfen, als die Reifen des fremden Autos wieder aufquietschten, der Fahrer, jetzt hinter grellen, aufgeblendeten Scheinwerfern nicht zu erkennen, wendete sein Auto auf der engen Straße, stieß vor, zurück, vor, zurück, würde jeden Augenblick wieder auf den hilflos auf dem Boden liegenden Wöpper zurasen . . .

Ich hielt mich nicht damit auf, meinen Wagen aufzusperren um zum Handschuhfach, zu meiner Waffe zu gelangen, mein Kofferraum ist dafür bekannt, immer offen zu sein.

Zu Wöpper waren es zehn Meter, zu meinem Kofferraum nur einer – ich konnte ihm nicht helfen, denn der Wagen, dessen Motor schon wieder aufheulte, würde jeden Moment wieder auf Wöpper zurasen. Aber ich konnte Siepolds Gewehr aus der Decke reißen und auf diesen Wagen feuern.

Ein Kleinkalibergewehr ist nicht gerade eine panzerbrechende Waffe, aber ich musste die Windschutzscheibe in einem günstigen Winkel getroffen haben, sie zersprang mit einem lauten Krach, und der nächste Krach war noch viel lauter, als der Wagen gegen die Feuermauer am Ende der Sackgasse prallte.

Ich rannte zu Wöpper, er lebte, aber sein Gesicht sah grauenhaft aus, und beide Beine standen in groteskem Winkel vom Körper.

Er war sogar bei Bewusstsein, starrte mich aus ungläubig aufgerissenen Augen an, stand aber unter so starkem Schock, dass er sichtlich noch nicht wusste, was eigentlich geschehen war.

Ich überquerte die Straße, näherte mich mit vorgehaltenem Gewehr vorsichtig dem Wrack ... man weiß schließlich nie.

Die Fahrertür war nach hinten verschoben, ich sah eine bewegungslose Gestalt hinter dem Lenkrad, zog vorsichtig an der Tür, musste sie aber schließlich gewaltsam aufreißen.

Zu diesem Zeitpunkt fühlte ich mich vor dem Fahrer schon sicher – er hing im Sicherheitsgurt, hatte sich nicht bewegt.

Sicher bewusstlos, dachte ich.

Ich stieß ihn mit dem Gewehr an, er regte sich nicht, ich musste mich in der Dunkelheit fast in den Wagen beugen, um ihn zu erkennen: Peter Barschel.

Verdammt, Peter Barschel.

Ich stieß ihn noch einmal mit dem Gewehr an, gründlich bewusstlos sogar, und bemerkte, dass die Vorderfront des Wagens sich weit über seine Beine geschoben hatte – der Mann saß fest, den würden die Spezialisten der Feuerwehr herausschneiden müssen.

Ich ging zurück zu meinem Wagen und rief Drösinger an, erzählte ihm in möglichst knappen Worten, wo ich war, was geschehen war, und was er alles mitbringen sollte. Natürlich musste ich ihm versichern, dass ich ihn nicht hatte hintergehen wollen, dass sich das Ende ohne mein Zutun einfach ereignet hatte ... Ich weiß nicht, woher Polizisten sogar in derlei Situationen immer noch die Zeit für ihr Misstrauen nehmen.

Dann ging ich zu Klaus Wöpper, er war jetzt doch bewusstlos, ich deckte ihn mit der Decke zu, in die ich Kurt Siepolds Gewehr gewickelt hatte – ansonsten wagte ich es nicht, ihn anzurühren. Trotz des gewaltigen Lärms, den der Aufprall von Peter Barschels Wagen verursacht hatte, hatte ich nur dieses sonderbare Knacken noch im Ohr, mit dem Wöpper bei der ersten Attacke des offensichtlich Wahnsinnigen hochgeschleudert worden war.

Ich wählte – ohne viel Hoffnung auf Erfolg – die Privatnummer von Lena, ich dachte mir, dass sie es sich verdient hätte, vom Ende des Dramas zu erfahren – und zu meiner großen Verblüffung hob sie ab.

War hörbar erleichtert, als ich ihr erzählte, dass alles vorbei war – und versprach, sich sofort in ihr Auto zu setzen und hierher zu kommen.

Ich gestehe, dass meine Auskunft, dass mir nichts, absolut nichts geschehen war, nicht ganz unabsichtlich ziemlich unglaubwürdig klang ...

Ich zündete mir eine Zigarette an und ging wieder zurück zu Barschel.

Er war bei jetzt Bewusstsein, aber nicht mehr ganz auf dieser Welt.

„Sie ... Sie sind das ...", stöhnte er, „ich hab's tun müssen. Ich habe es tun müssen. Ich ... habe ... es ... tun ... müssen ..."

„Jaja", versuchte ich ihn zu beruhigen, „Sie haben es tun müssen."

„Ich ...", versuchte er krampfhaft, mir etwas zu erzählen, „Sie können sich ja nicht vorstellen, was die beiden ..." Er keuchte mühsam, Blut begann aus seinem Mund zu tropfen.

„Sie müssen jetzt ruhig sein", riet ich ihm, „Hilfe ist unterwegs ... Sie können alles erzählen, wenn Sie hier heraußen sind ..."

„Die Polizei ..."

„Ja natürlich. Die Polizei ist auch schon unterwegs ..."

„Nicht ..."

„Der können Sie dann auch alles erzählen ..."

Tatsächlich waren die ersten Sirenen zu hören, ich versuchte mir vorzustellen, wo sie jetzt ungefähr waren und wie lange sie noch brauchen würden.

„Keine Polizei ... niemals Polizei ...", presste er hervor – und da hätte ich eigentlich schalten sollen, aber letztlich kam doch alles so, wie es am besten war.

„Hören Sie zu ... Sagen Sie Ihnen ... Ich habe es machen müssen ..."

„Was haben Sie machen müssen?"

„Den ... Theo ... meinen Schwiegersohn ..."

„Sie haben ..."

„Reden Sie nicht ... ich hab' es machen müssen ..."

„Haben Sie den Kurt Siepold in die Villa gelockt?"

„Natürlich ... und Hannelore ..." Er spuckte wieder Blut, ein ganzer Schwall machte ein Weiterreden unmöglich, inzwischen waren die Sirenen schon nahe, sie würden in ein paar Sekunden hier sein.

Ich hatte mich noch nie so auf die Polizei gefreut, sogar auf Drösinger. Ich wandte mich zum Ausgang der Straße ...

„Bleiben Sie hier ...", hörte ich ihn flüstern, abgehackt, kaum noch verständlich, „ich hab's machen müssen ... mein Lebenswerk ... alles, wofür ich gelebt habe ... und jetzt wieder ... wieder ... dieser neue Nichtsnutz ... Wöpper ... meine Tochter ..."

Jetzt schien er endgültig zu verstummen, aber ich hatte alles gehört, was da zu hören war und leistete Klaus Wöpper im Stillen Abbitte.

Er mochte ein Windhund sein, aber ich hatte ihm Unrecht getan – er war letztlich auch ein Opfer.

Und so, wie er jetzt aussah, würde er sich einen anderen Beruf suchen müssen ...

Ich ging den ersten Polizeiautos entgegen, legte Kurt Siepolds Gewehr wieder in den noch immer offenen Kofferraum.

Drösinger sprang als Erster aus seinem Wagen, kam auf mich zugestürzt:

„Stein! Ist alles in Ordnung?"

Ich nickte, wies auf die Straßenmitte, „Klaus Wöpper", und auf das Wrack, „und Peter Barschel. Er war es. Er hat den Mord an Theo Drosen gestanden und jetzt den Anschlag auf Klaus Wöpper ... Sie leben beide noch, beide bewusstlos, so viel ich weiß."

Er begann Anweisungen zu geben, die Sanitäter kümmerten sich um Klaus Wöpper, sie und die Spezialisten mit den Schweißbrennern konnten noch nicht zum Wrack durchfahren, so lange er nicht versorgt und weg war.

Drösinger ging vor zu den Resten von Peter Barschels Wagen, sah kurz hinein, kam wieder zurück.

„Stein, Stein ...", schüttelte er den Kopf, aber noch bevor er mehr sagen konnte, kam Lena um die Ecke gerannt. Ein Beamter wollte sie aufhalten, aber Drösinger deutete ihm sie durch zu lassen.

Diese kurze Verzögerung hatte, davon bin ich überzeugt, dazu geführt, dass Lena erkannte, dass es mir tatsächlich gut ging – und hat mich wieder einmal um wohlverdientes Mitleid gebracht ...

Drösinger wandte sich wieder mir zu, öffnete den Mund, wahrscheinlich um mir Vorwürfe zu machen, als von Barschels Wagen her ein Schuss dröhnte.

Wir stürzten beide hinter meinem Wagen zu Boden – nur Lena blieb stocksteif stehen.

Ich riss sie zu Boden, aber da kam schon Entwarnung von einem uniformierten Beamten:

„Der Fahrer da ... der hat sich in den Mund geschossen ..."

Ich befahl Lena stehen zu bleiben. Drösinger und ich sprinteten zu Barschels Wagen. Lena natürlich hinterher.

Tatsächlich: Er hatte sich in den Mund geschossen.

Und es musste ihn übermenschliche Anstrengungen gekostet haben, in seinem Zustand, mit den eingeklemmten Beinen zum Handschuhfach, an die Pistole zu kommen.

Ich dachte an sein „keine Polizei . . . niemals Polizei . . .“, und beschloss, dass ich das lieber niemandem erzählen würde.

„So eine Scheiße, so eine verdammte Scheiße“, fluchte Drösinger und fuhr gleich wieder mich an: „Wieso haben Sie mir nicht gesagt, dass der eine Pistole hatte?“

Ich musste trotz der wahrlich nicht dazu ermunternden Situation lachen: „Sind Sie noch zu retten? Woher hätte ich das wissen sollen?“

„Ach was“, winkte er ab, sah aber sichtlich ein, dass ein Reflex mit ihm durchgegangen war.

Polizeifotografen fotografierten, Uniformierte sperrten die Straße, die Feuerwehr begann Barschel aus seinem Wagen zu schneiden.

Lena und ich sahen zu, ich rauchte stumm – und ich dachte mir, dass das eigentlich ein höchst sonderbarer Fall gewesen war: Ich hatte mir für einen Menschen den A. . . *die Hacken* abgerannt und allerhand riskiert, den ich gar nicht kannte, den ich auch im Verlauf des Falles nicht kennen gelernt, ja nicht einmal gesehen hatte.

„Ob der Siepold überhaupt weiß, dass es

mich gibt?", fragte ich Lena, und die bewies wieder einmal, dass sie mitdenken kann:

„Richtig. Ihr kennt euch ja gar nicht ... schon komisch!"

XVI.

Irgendwann kam Drösinger, erbat sich eine Zigarette von mir.

„Ihr Tipp war richtig, Stein."

„Mein Tipp?"

„Ihr Hinweis auf die Tatzeit und Ihr Tipp wegen der Tatsache, dass irgendjemand gewusst haben musste, dass Siepold wieder entlassen war. Der Mörder."

„Und? Wie hat er es erfahren?"

„Auf die einfachste Art der Welt. Er war gewissermaßen dabei. Er war bei mir im Büro wegen seiner Aussage bezüglich der Schüsse, als ich den Befehl zur Enthaftung Kurt Siepolds gab."

Ich starrte ihn geradezu ehrfurchtsvoll an: „Und das erzählen Sie mir? *MIR?*"

„Tja, Stein, wir werden wohl nie dicke Freunde ... Aber ich wollte, dass Sie wissen, dass ich auch ein Mensch bin ..."

Ich schenkte ihm gleich noch eine Zigarette, so überwältigt war ich.

Wir rauchten wieder eine Zeit lang stumm, betrachteten das angeblich geordnete Chaos um uns.

„Der Martens ist in Hamburg“, sagte Drösinger, recht unvermittelt. „Ein Boxer aus einem Vorkampf hat die beiden Gorillas gesehen, die Kappbach-Althoff fertig gemacht haben. Die beiden sitzen schon.“

„Und wer steckt dahinter?“

„Der Schulze gehört einem ... tja, gewissermaßen einem Konsortium. Und er hätte gewinnen sollen. Wir haben drei Namen, und die Sache wird gewaltig Staub aufwirbeln.“

„Ihr kümmert euch also wirklich darum? Hätte ich nie vermutet“, streute ich ihm zweifelhafte Rosen.

„Martens berichtet in Hamburg nur. Dann kümmern wir uns nicht mehr darum. Es zieht sich zu hoch hinauf, da werden dann andere zuständig.“

„Gestapo?“, versuchte ich zu witzeln, aber er fand das gar nicht komisch.

Barschels Auto wurde an uns vorbeigeschleppt, Drösinger rief dem Fahrer zu, dass er halten soll, und begann mit den Fingern in den Einschusslöchern herumzustochern. Dann umfasste er mit einer weitausholenden Armbewegung die ganze Straße, mit Umgebung, und schüttelte den Kopf:

„Stein, Stein, Stein ... das ist ja eine gelungene Bescherung“, und dann, noch immer mit einem Finger in einem Einschussloch:

„Wie haben Sie denn das zuwege gebracht? Das Auto von dem Barschel sieht aus wie nach einem Hagelschlag.“

„Naja ... damit“, und ich hielt ihm das Kleinkalibergewehr aus dem Kofferraum entgegen.

„Ist das das ...“

„... das Gewehr, mit dem auf Theo Drosen ursprünglich geschossen worden ist. Ja. Das war wohl auch der da ...“, deutete ich auf den toten Barschel.

Er nahm es mir aus der Hand. „Tolles Gerät ... Und woher haben Sie das?“

„Das hab' ich vom ... na, von ihm, von Barschel. Das hab' ich vom Peter Barschel ...“

„Er hat es Ihnen wahrscheinlich geschenkt, weil er ohnehin einen Revolver hatte, um sich zu erschießen ... Als Andenken ... Und wann genau war das?“

„Nein ... natürlich nicht ... ich ...“

„Stottern Sie nicht herum, Sie Stein. Wie kommt dieses Gewehr in Ihren Besitz? Wie wollen Sie es dem Peter Barschel weggenommen haben, wenn Sie ihn damit in seinem Wagen beschießen ...“

Seine Frage war natürlich berechtigt. Aber

ich konnte ihm die Wahrheit nicht sagen, und so versuchte ich es mit „Angriff ist die beste Verteidigung“:

„Ein Wunder, Herr Hauptkommissar.“

„Ein Wunder!“, heulte er auf, „es gibt keine . . .“

„Und wenn es sie doch gibt? Und wenn ich die Wahrheit sage, nichts als die Wahrheit . . . Sehen Sie, HERR Drösinger, Hauptkommissar der hiesigen Kripo, das ist das Problem, über das Sie und Ihre Berufskollegen nicht hinwegkommen. Darum hat die Bevölkerung so wenig Vertrauen in ihre Polizei: Sie sind zu misstrauisch, ihr Bullen glaubt immer, alle Welt will euch belügen, und daher . . .“

„Hören Sie damit auf! Ich will die Wahrheit wissen!“

„Okay“, lenkte ich ein, „ich erzähle es Ihnen. Ich habe das Gewehr von einem Klienten, der in erhebliche Schwierigkeiten kommt, wenn ich seinen Namen nenne. Er hat nichts mit diesem Fall zu tun, also unterliegt sein Name meiner Schweigepflicht . . .“

Lena sah mich groß an, Drösinger sah mich groß an, also unterbrach ich mein Gequatsche und fragte ihn gerade heraus: „Ist es nicht am besten für alle Beteiligten, wenn der Peter Barschel die Scheibe in seinem Lokal selbst zerschossen hat? Dann hat er nicht einmal eine strafbare Handlung begangen: Jeder darf in diesem Land seine eigenen Scheiben zerdeppern, oder?"

Drösinger sah mich an, dachte nach, schließlich stahl sich ein Lächeln in sein Gesicht:

„Sie haben *nicht ganz* Unrecht. Eine zerschossene Scheibe ist kein Beinbruch. Auch wenn es Sie überrascht ... *wieder* überraschen mag: Ich kann damit leben, dass das auch der Barschel war. Das Gewehr muss ihm wohl aus dem Wagen gefallen sein. Vielleicht wollte er den Wöpper erschießen, bevor er ihn dann überfuhr ... Und Sie, Stein, behalten dafür für sich, wer neben wem telefonisch wen entlassen hat. Intern macht mir das genug Scherereien, aber es muss ja nicht gleich die ganze Stadt erfahren."

Ich war sofort einverstanden, wir schüttelten uns sogar maßlos einig die Hände.

Maßlos war auch die Verblüffung Lenas über die ganz und gar ungewohnte Einigkeit zwischen mir und HERRN Drösinger, Hauptkommissar der hiesigen Kripo.

Und dann fragte ich Lena, was sie mit dem angebrochenen Abend vor hätte, ich würde da ein nettes ...

„Du lässt es wohl nie", unterbrach sie mich, „du a) kapierst es nicht, willst es b) ..."

„Bitte nicht", bettelte ich, „nicht den ganzen Katalog", und wir lachten beide.

Für Drösingers fragenden, verständnisleeren Blick hatte ich eine kurze, sehr passende Antwort: *„Frauen ...“*, und eigenartigerweise fiel er in unser Lachen mit ein, wenn er auch nicht wissen konnte, warum wir lachten.

Aber so etwas soll vorkommen.

Auch bei Hauptkommissaren.

STEIN'S BÜRO